本书编写组／著

带梦逐路

民营企业『一带一路』故事集

中华工商联合出版社

图书在版编目（CIP）数据

带梦逐路：民营企业"一带一路"故事集 /《带梦逐路：民营企业"一带一路"故事集》编写组编. -- 北京：中华工商联合出版社，2020.1

ISBN 978-7-5158-2986-9

Ⅰ.①带… Ⅱ.①带… Ⅲ.①故事-作品集-中国-当代 Ⅳ.①I247.81

中国版本图书馆CIP数据核字（2021）第 161551 号

带梦逐路：民营企业"一带一路"故事集

作　　者：本书编写组
出 品 人：刘　刚
选题策划：王宝平
责任编辑：李　瑛　李红霞
排版设计：水日方设计
责任审读：郭敬梅　李　征
责任印制：陈德松
出版发行：中华工商联合出版社有限责任公司
印　　刷：盛大（天津）印刷有限公司
版　　次：2022 年 1 月第 1 版
印　　次：2024 年 1 月第 2 次印刷
开　　本：710mm×1020mm　1/16
字　　数：180 千字
印　　张：12.75
书　　号：ISBN 978-7-5158-2986-9
定　　价：68.80 元

服务热线：010-58301130-0（前台）
销售热线：010-58302977（网店部）
　　　　　010-58302166（门店部）
　　　　　010-58302837（馆配部、新媒体部）
　　　　　010-58302813（团购部）
地址邮编：北京市西城区西环广场 A 座
　　　　　19-20 层，100044
http://www.chgslcbs.cn
投稿热线：010-58302907（总编室）
投稿邮箱：1621239583@qq.com

目 录 | CONTENTS

舞动中非文化交流的纽带

——在非洲大陆追寻与缔造梦想的女制片人王倩

四达时代集团创立于1988年，总部坐落于北京亦庄，是中国广播电视行业颇具影响力的系统集成商、技术提供商、网络运营商和内容提供商。早在2002年，四达时代已开始远渡重洋，开启了与非洲各国携手并肩，共同推动社会数字化、信息化的事业。目前，已在卢旺达、尼日利亚、肯尼亚、坦桑尼亚、乌干达、莫桑比克、几内亚、刚果（金）、南非等三十多个国家注册成立公司并开展数字电视和互联网视频运营，发展数字电视用户1300万，移动端用户2000万，成为非洲大陆发展最快、影响最大的数字电视运营商。

　　本文的主人公名叫王倩，作为世纪之初的新生代影视专业人才，在加入四达时代集团后不久，很快跟随企业前行的脚

步，迎风出海，登上了非洲大陆的广阔舞
台，在那片对她来说曾经无比陌生的土地
上，开启了自己华彩的人生，成为中非文
化传播与交流的使者和"一带一路"发展
之路的见证者。

◎ 怀揣时代梦想，奔赴遥远非洲

2015年7月，炎热夏季的一天上午，王倩——
一个秀外慧中、干练的年轻影视制作人，正在公
司内的后期（制作）机房中忙碌着，她反复回看昨
晚至深夜才拍摄完的片子，并对照着手中的拍摄脚

四达时代
北京总部

本，审视着其中的每一个细节，希望能够如期完成后期剪辑。

这时，手机铃声突然响起，打断了王倩缜密的思路。电话是王倩的领导孟总打来的，让王倩找下她，谈点事。

在王倩眼中，作为影视圈前辈的女领导孟总，外表温柔美丽，说话可是快人快语，毫不含糊；做起事来更是巾帼不让须眉——精明能干、能力超强、雷厉风行……王倩意识到，孟总肯定是有紧急的事情要和她谈，于是赶忙放下手头工作，起身去找孟总。

短暂的寂静之后，孟总把手中的文件直接递给了坐在一旁的王倩，并开口说道："找你来，是公司想交给你一项新的任务。"

王倩暗想："是什么任务，搞得这么神秘、严肃？"同时接过了孟总递过来的文件，快速地翻阅起来。

孟总仿佛猜透了王倩的想法，于是直截了当地说："公司打算让你作业务骨干，奔着制片人方向去培养。这次，想派你去非洲出差一趟，开拓我司在非洲大陆的电视节目制作业务……并尽快熟悉非洲业务的现状……"说到这里，孟总欲言又止，想观察观察王倩的反应。

彼时，四达时代在非洲开展业务已有些年了，深耕非洲大地，不断扩大在非洲的业务深度和广度已成为这家民营企业的时代发展愿景。整个企业对非洲的事业发展倾入了大量的心血，从电视媒体网络硬件设施的角度而言，也确实改变了很多非洲国家的原有面貌，迈上了新的台阶。对此，业界有目共睹。

四达时代位于南非基地的天线列阵

王倩对此十分清楚，但是作为一个从事电视节目创意、采编、制作的初出茅庐的新人，为什么公司要派她——一个对非洲知之甚少的"菜鸟"，去遥远的非洲出差，这其中的意义是什么呢？显然，王倩对非洲的了解仅停留于外派同事回国后的口述和一些公司的文字资料中，但那显然不够。非洲，那遥远的未知大陆，依然如此陌生。但王倩隐隐感觉到，非洲正在向她绽露笑容，袒露胸襟，远远地、微微地召唤着她，她对此无法拒绝。

王倩快人快语、迫不及待地追问孟总："领导，要我去非洲出差，需要做些什么工作呢？"

孟总早已料到王倩接下来的问题，她顺势娓娓道来："我们公司从前在非洲的业务主要是在电视网络硬件、基础设施方面的投资和建设。现在非洲很多国家的硬件条件在同事们的共同努力下，已经比较完善了。但只是从事硬件设施的投资，这不具有长期发展的稳定性和可持续性，公司并不满足于"一锤子"买卖和"打一枪换一个地方"的短视做法，我们要深耕非洲这片土地，用我们搭建好的网络增加产出、带来源源不断的回报，让我们的硬件成为渠道载体，让我们制作和播出的节目成为中非文化的纽带和价值的源泉……"

"哦……"王倩点着头，略微开了点窍。

孟总接着说："电视传媒事业就像IT产业中硬件和软件的关系一样，说白了，就是我们不能满足于只提供硬件设施，我们还要用软件和不断推陈出

新的内容、节目服务去获得新的增长点，去赢得非
洲市场的认可，就此站稳脚跟。"

　　让已建成的网络设施成为一座桥梁，用内容制
作和提供、激活各类资源，传播文化，传播知识，
传递中非友谊，传递世界和平，这才是更大的命
题和不懈的挑战。不得不说，四达时代这家公司已
经站在了更高的起点上，去俯瞰未来的企业经营，
同时顺应了国家发展和世界经济开放、交流的大趋
势，确实值得称道。

四达时代
位于乌干达的
客户呼叫中心

　　至此，王倩这个聪明灵慧的女孩已经透过领导
循循善诱的言语，基本上知晓了公司的出发点和用

意，那就是她将承担起对于公司未来至关重要的发展使命，发挥自己的专业特长，通过为非洲电视渠道制作精良的节目，去赢得非洲观众的喜爱，让"四达时代"成为非洲市场上最具竞争力和实力的电视内容提供商。

这不是使命又是什么？绝非一件平常的工作。使命需要倾注心血，经年累月，不达目的决不罢休，甚至需要几代人去付出和奋斗！王倩这样年轻有活力的新生代，将承担起这样的使命，并为此坚守和奋斗下去，她能行吗？

一般来说，企业会预计好员工出差的用时和周期，从而提前安排好往返行程和工作进度。但是对于四达时代这家企业而言，员工远在非洲，很多特定环境下的工作进展状况、困难是难以预料的，他们无法为员工打保票，承诺员工出差的周期，所以在这家公司中有条不成文的规定，就是被指派出差的员工是不会去主动询问出差的时限的。此时的王倩亦是如此，她只是心里思忖：希望不会离家太久，希望和家人重逢可期……

之后，王倩在工作之余做足了功课，为迎接人生的挑战做好了准备，以期可以在抵达非洲后尽快上手，把相关的业务开展起来，不辱使命。

2015年11月，北京已逐渐进入深秋时节，万里晴空，风清云淡，街道上秋叶飘飘、洒洒落落，这一年即将走入年末时节。王倩安排好家里的事，收拾好行囊，心里装着公司托付的梦想和对未来的殷切期望，登上了前往非洲的国际航班，任重道远、恋恋不舍地离别了祖国和亲朋，用一段常人难以企及的非洲历程，为自己开启了一段崭新的人生旅程！

◎ 连闯两关，亲密接触神秘非洲

在人们印象中，非洲拥有一望无际的撒哈拉大沙漠和广袤的东非大草原与原始丛林，它应该是黄色和绿色相间的组合，但是不亲身前往、经历眼前的现实，而只是停留于片面的想象或者道听途说，你就不会知道现实和想象的差距究竟有多大。

王倩至今仍深深地记得，在登陆非洲的航班上，她透过淡淡的云层第一次看到非洲土地的颜色却是令人意外的红色，开朗、活泼的王倩在那一刻竟然控制不住内心的激动之情，惊叹地尖叫了出来。她想，这就是在影视作品中领略过的非洲，是在艺术作品中透视过的非洲，但远没有亲眼所见到时的那般震撼——天湛蓝且高远，地艳丽且辽阔……一切都是那么超乎既有的认知印象！

走入全新的世界，伴随而来的就是开启全新的人生视角，审视身边的一切——格外新鲜和有趣，令人着迷。但这些都不重要的，重要的是心中坚守着使命必达的信念，这才是一个身在海外的游子所具有的、难能可贵的初衷。

如期抵达非洲后，王倩没有半点空闲去倒时差，以及适应当地炎热的气候条件和艰苦的生存环境，就被公司委以宣传片导演，走马上任了。那时，四达时代的宣传片从构思到拍摄、制作所需的时间非常紧迫，身在北京总部的孟总要求王倩尽快适应当地环境，融入当地乡土生活。初来乍到的王倩人生地不熟，对当地风土人情不甚了解，语言又不通，可以说是寸步难行、举步维艰。这种情形，让喜欢从容、稳妥处事的王倩略感不适，有了想法也难以施展。但任务时间紧迫，必须克服重重困难，迎难而上，完成公司交代的重托。

在公司安排下，王倩在三个外派非洲的同事陪同下，一路从东北部的非洲直抵南部非洲，沿途走访了肯尼亚、坦桑尼亚和南非三个国家。走访这三个国家的原因，主要是因为四达时代在这三个国家的业务展开得比较顺利，取得了阶段性的成功，所以被选中，纳入四达时代宣传片的拍摄计划中。

说是走访，对王倩而言，可并非是一场说走就走、轻轻松松的惬意旅行。在走访、采编、搜集素材的过程中，王倩和她的同事白天要顶着热力四射的骄阳，进行深度采访和一遍又一遍的拍摄，晚上还要冒着高温、酷暑、湿热与各种热带蚊虫进行不懈奋战，熬通宵去编辑和剪辑片子（这是王倩和同事共同认为最能节省制作节目时间的方式之一）。就这样坚持着，王倩和摄制团队的行程和工作安排得满满的，临时组成的"非洲宣传片摄制组"终于圆满完成了既定的拍摄计划，用时只有10天，真可谓是高速、高效、高能。在这个过程中，王倩全身心投入其中，甚至已经忘却了身处离家万里之外的陌生环境，以及工作带来的疲劳和想家的思绪。忘我的工作和融入其中，成为王倩对自己唯一的要求。

当王倩顺利闯过第一道任务关，打算就此收手，收拾好行囊，打道回国交差的时候，第二个任务从天而降……

2015年12月中旬，王倩和她的非洲摄制组接到了孟总从公司总部紧急下达的拍摄、制作公益宣传片的计划任务，而这部公益宣传片的立意点是在2016年春节到来之前，通过非洲的电视网络，用中非人民共写"福"字、互送祝福的表现形式，为非洲本地淳朴的人民和旅居非洲的海外华人送上诚挚的新春祝福。

王倩在送"福"节目拍摄中与非洲朋友合影

眼看距离2016年春节只有一个多月的时间了，时间不等人，任务又颇为棘手，刚刚回到"大本营"肯尼亚的王倩马不停蹄地召集组建不久的制作团队讨论采编计划，制定摄制方案，并着手实施。

摄制计划确定后，王倩重新拎起还未完全拆包的随身行李，和她的摄制组又一次踏上行程，再次朝梦想出发。

正是因为再次经历了从北向南、花费较长时间和精力跨越非洲的工作行程，让王倩有机会近距离、细细地领略了一回非洲大地上的风土人情，和非洲来了一次真正的"亲密接触"。

在摄制过程中，王倩自北部非洲一路向南、马不停蹄，期间，她清晰地意识到，非洲完全不像有些人固有观念中认为的那样：到处是荒蛮和落后的未开垦之地，也并非只有停留于原始阶段的沙漠和草原……在肯尼亚的城市里，王倩出乎意料地看到了繁华的都市和鳞次栉比的高楼大厦，这里和世界上很多发达地区的城市差别不大，其中有很多建筑都是中国援建和承包建设的，此时此刻，王倩心中油然升起了满满的民族自豪感；当然在城市的郊外或者乡下，见到的情景和城市里反差依然很大，王倩看到还有很多贫民在部落间的草屋中席地而坐，身上只穿着纯天然取材、编织而成所谓"服装"，世代居于此地，繁衍生息，这着实令人迷惑不解。

从肯尼亚跨过国境线，王倩和她的团队一行抵达坦桑尼亚，前往国家艺术博物馆进行采访，并在此领略了非洲悠久、灿烂的历史文化，以及古代海上丝绸之路对中非文化和社会发展产生的深远影响，并为之着迷，也陷入了对古今与未来的思考。世界如此之大，你永远想象不到每个角落，究竟有多么奇妙！在坦桑尼亚，虽时代早已变迁，现代文明正在世界上不同的角落复制、接轨、重生、沿袭，但世代生活在尼罗河边的渔民依然在用传统的原始捕捞方式进行渔业捕捞，这太不可思议了。发展总是矛盾之下的更优选择，该如何保留特色文化和习俗的魅力，让地域瑰宝愈加璀璨致远，同时，又可以实现随时代发展，愈久弥新、有机更新呢？王倩不止一次地陷入沉思……这确实是个艰难的选择过程，一旦决定了，就要坚持走下去，就像王倩的非洲之路，坚定不移。

接下来，王倩一行从坦桑尼亚跨过莫桑比克，第二次来到非洲最南端、也是非洲最发达的国家南非，其中有一段至今令王倩难忘的经历。他们前往南非的艾滋病孤儿院进行拍摄，在孤儿院里看到一个个瘦弱、孤独、可怜的身影，一个个身缠重疾、双眼直勾勾盯着前面、不苟言笑、失去快乐的幼小面孔，王倩为之伤感，发自内心地想帮助这些身患重疾的贫苦孩子，挣脱病魔，摆脱贫困，重获新生；但在不远处，约翰内斯堡繁华时尚的曼德拉中心广场上，你完全感受不到这个世界竟然如此千差万别——同样的繁华霓虹，同样熙熙攘攘的人潮和如织车流，同样被忽略的遗忘角落……王倩发自内心，想要以中国人的正能量为非洲这个地区做点什么，不管大小，让非洲不再独行。

这一路走下来，王倩和她的摄制组接触到了上百个受访者，其中既包括那些天性中充满自由、诙谐与快乐的非洲普通百姓，也有淳朴和富有理想主义情怀的年轻一代非洲人，以及笑容同样灿烂、充满稚嫩童贞之气的非洲儿童；更有扎根非洲为事业和生活打拼的中国企业家，以及在非洲传播中国艺术和文化的艺术家、使者，甚至还有一个为了寻找爱而只身在非洲闯荡的中国女子。

虽然这趟行程仅仅有不到二十天的时间用来采编，但正是这短暂飞逝的日子，让年轻、懵懂和阅历尚在积累的王倩，接触到了非洲世界里无所不在、饱含快乐和哀伤的各种异域风情故事，王倩忽然有种恍如隔世的穿越感。人生就是这样奇妙，但更重要的是挑战永远摆在前面，无法回避，唯有迎难而上。

世界之大无奇不有，不亲身经历、领悟，你就不会发现其中的奥妙与真义。这趟行程，最终让王倩深深领悟到：非洲——既是一个生生不息、充满旺盛生命力的文明大陆，又是一个亟待发展的新大陆。世界其他地方的人们往往因为和非洲距离太过遥远，不了解其中的奥妙，才对非洲充斥着误解和忽视。

同时，非洲更需要外部世界的新鲜血液注入进来，帮助他们去改变积贫的地区，他们不堪于此，亟待改变。王倩能够亲身感受到非洲人民内心热切的期待、焦急的渴望……他们不仅渴望粮食和衣服等日常用品，更渴望获得外部世界的养分去滋润自己的人生维度：他们需要电视，需要网络，需要和世界联通，需要和世界其他地方的人民心心相印，而四达时代公司和王倩所从事的事业不正是将非洲人民的心和世界其他地方人民的心连接起来吗？王倩由此深感重任在肩，这件事、这份工作的意义已经远远超越了常人的境界，但作为平常人的我们依然可以通过自己的努力和付出，去承载这样的使命和意义，去帮助非洲人民改变他们的生活现状。王倩已经迫不及待地打心底想要通过她制作的节目，帮助非洲人民了解外面的世界，让非洲人民过上更好的生活，并实现与世界接轨。

如果说，通过制作电视节目去传播知识、传播文化、传递中非友谊，了解、帮助非洲，是王倩在来非洲的航班上给自己定下的梦想，那么，随着她连闯两关，完成了两个节目的制作工作之后，她逐渐意识到，这个梦想已经不再是一种单纯的想法，而成为一步步落地生根的枝芽，终将开出灿烂的花朵——与现实的接轨终将使梦想成真。非洲，这片广袤富饶、生生不息的土地，足够宽广，它装得下中国影视制作人和源自中非友谊的梦想！

◎ 放飞"梦想翅膀"的中国影视剧配音大赛

为者常成，行者常至。

在2015年时，中国影视剧经四达时代译制而成（被译成英语、法语、斯瓦希里语、豪萨语），并在非洲大地上成功播出的剧目已不在少数。

作为四达时代旗下传媒渠道中国影视频道的制作人，睿智、颇爱思考的王倩在2015年到非洲出差期间，就产生了一些疑问，她想搞清楚，非洲到底有多少观众看过中国的影视剧作品，非洲观众是否真的喜欢来自中国的影视剧，哪些类型的中国影视剧更受非洲人民欢迎，以及四达时代制作播出的中国影视剧还有哪些地方需要改进等一系列问题。

于是，来到非洲之后，她在采访、录制节目之余，就给自己布置起了额外的功课，做起了有心人。当其他同事都在忙于手头工作的时候，王倩经过思考和推断，决定利用个人日常碎片化的时间，对中国影视剧在非洲传播的相关资料进行搜集、整理，以解答之前提出的疑问。

经过研究和思考，王倩得出一个结论，中国影视剧在非洲的播出对于传播中国文化，对于丰富非洲观众的生活，对于帮助非洲观众了解非洲之外的世界是非常具有价值的。当然，其中也存在着一些亟待改进的问题，应该引起制作方的重视。比如，非洲观众对影视剧的配音要求比较高，各个国家的观众都希望自己听到的配音最真切、最准确。而这里面，首先是对语音的要求比较高。以斯瓦希里语举例，东非五国都可以听懂斯瓦希里语，但是具体到各国，比如肯尼亚和坦桑尼亚，二者都将斯瓦希里语定为官方语言，但是它们所使用的斯瓦希里语又不尽相同，这就好比国内人士都讲普通话，但是地域不同、语音差异，导致不同地域人群说出的普通话中也会夹杂有地域化的方言、发音、说法和语义，这种情况在非洲就会造成不同国家的观众处在不同的语境下，对影视剧的语言内容产生不解或者歧义的情况。其次，由于非洲人民比较开朗，情感易外露，所以非洲观众对配音的情感要求也很高，如果配音过于呆板、生硬，缺乏特定语境下的情感表露或者演绎不到位，自然无法博得非洲观众的认可，达不到他们的要求。

四代时代
译制配音中心
内景

以上两个问题看似简单，但是一段时间以来，并没有引起中方制作人员的足够重视。首先，四达时代为非洲提供的中国影视剧都是在北京制作完成的，影视剧中的配音演员既有身在中国的非洲人士，也有中国人，如果针对某一特定国家，比如坦桑尼亚，在北京乃至国内专门找到来自坦桑尼亚的全部配音演员，确实不太现实，难度太大，成本太高，制作周期也不允许，所以需要考虑更为贴合实际的解决办法。其次，四达时代聘请的非洲配音演员多为身在中国的留学生或者经商的非洲人士，他们只是兼职配音，本身并不是出身于影视配音专业，没有受过专业配音训练，对影视剧中感情表演的处理和声音表演的功力都不及专业演员，这是不得不承认的一个现实。

四达时代
多语种配音中
心的演员在节
目制作中

王倩通过自己的努力将这两个问题挖掘出来，进行了必要的剖析，并把自己调研的内容形成了一份较为完整的影像报告，提交给了公司总部，这让其他同事对王倩这个初出茅庐、独闯非洲的年轻女制片人刮目相看。

公司领导在仔细审阅后，认为王倩的工作非常值得肯定，并对她提出的问题极为重视。接下来，公司迅速组织会议，群策群力，研讨如何解决以上两方面的问题，将四达时代传向非洲的中国影视作品提升到更高的质量和水平线上。

为此，四达时代在企业总部针对这个"专项"治理、优化、升级工程，召开了多次"头脑风暴"会议，终于，山穷水尽疑无路，柳暗花明又一村——在你来我往的论证交锋之后，王倩和同事们萌生了一个大胆的想法，与其画地为牢，在国内有限的非洲配音资源中寻求不可能完成的任务，不如大胆地从非洲当地聘请专业演员来中国给影视剧配音！

于是，王倩将这个大胆的想法汇报给公司领导，得到了领导的认可，并建议推进下去。但是问题一个接着一个地来了。非洲这片土地还比较闭塞，非洲观众接触到的海外配音影视作品还很少，这就决定了他们当中合格的配音演员肯定是凤毛麟角、寥寥无几，能不能找到这样的合格配音演员，王倩心里没了底气。王倩突然想到，也许可以通过借鉴国内"超女"海选的形式，进行甄别和选拔。另外，如果真的找到了让他们合意的非洲本地配音演员，人家是否愿意千里迢迢、背井离乡地来到中国，投身于陌生的环境去生活和工作，也不能确定。

接下来，王倩和她的同事沉寂了一段时间，因为这里面有很多不确定性，他们一方面需要完善计划，找到更为可行的方案；另一方面，也需要等待，等待什么？一个期盼已久的契机……

2016年5月的时候，这个契机终于被等来了，此时王倩已经因为业务安排，被调离了四达时代的中国影视频道，另有任用，但是想帮助中国影视剧做好海外传播这件事并没有因为岗位的调动戛然而止。

四达时代北京总部演播室

那时，王倩主要负责公司在非洲的斯瓦希里语频道的运营工作，所以经常往返于国内和非洲两个世界之间。有一阵子，王倩在坦桑尼亚组织"坦桑尼亚全明星音乐节"活动的市场推广时，和摄制组的团队成员接触到了大量的坦桑尼亚"一线"、甚至是"超一线"的演艺明星。工作之余，王倩有机会和这些当地明星聊起四达时代想在坦桑尼亚举办"斯瓦希里语配音大赛"的想法，这些非洲明星都表示对此非常感兴趣，甚至有些迫不及待想要参与的热情。而王倩代表四达时代表露出的本意是想邀请这些知名的坦桑尼亚明星来做该次比赛的评委，但很意外的是，王倩的邀请被他们一而再再而三地婉拒了，因为这些明星都被王倩的想法所打动，被王倩的热情所激扬，纷纷表示要以选手的身份报名参加四达时代举办的配音大赛，因为他们一致认为能有机会去中国工作，那真是太棒了！这些坦桑尼亚的明星们中肯地告诉王倩，如果老百姓知道了这个消息，一定会非常踊跃地参加比赛的。听到这样的话，王倩对未来更加抱有信心，前面那些问题一下子迎来了转机。

于是，王倩两不误地一边筹备着音乐节，一边将配音大赛日渐成形的想法随时和孟总沟通，将最新的进展随时汇报给北京总部。孟总立刻按公司总部授意予以特批指示：尽快将"斯瓦希里语配音大赛"的选拔活动付诸实施，而且要马不停蹄地在"坦桑尼亚全明星音乐节"活动后，尽快在坦桑尼亚举办全国性的配音大赛；要借着一波又一波的传播势头，把中国影视剧的宣传搞好，把优秀的配音演员召回国内来……

王倩完全没有想到公司如此认可自己的想法，决策和行动效率如此之高，支持力度如此之大……慢慢地，她开始审视和怀疑自己的能力，她从来没有在国内外组织过全国性的大型影视比赛，自己真能驾驭这样的艰巨任务而不掉链子吗？但转念一想，四达时代能够在非洲开拓出一片广阔的天地，也并非是靠着十全十美的方案与计划，才取得今天的企业发展成就，有时候，企业如此，个人也一样，都要具有冒险家一样的开拓精神，要顺应时代发展的需要，抓住瞬息万变的市场趋势，运用自身独到的眼光，走出一条独步天下的探索之路来，这样的本领不是别人给予的，而是靠自己一步一个脚印地奋斗出来，创造出来。想到这里，王倩忽然又来了精神，鼓足了勇气，干劲十足起来！

经过半年多的精心筹备，2016年7月，"首届斯瓦希里语配音大赛暨北京影视剧非洲展播季活动"，分别在坦桑尼亚北部重镇阿鲁沙、经济中心达累斯萨拉姆、旅游中心桑给巴尔三地成功落地举办。报名截止时，线上线下报名人数已经意外地突破了2000人，通过本次配音大赛，成功选拔出十名优秀的配音演员，受聘加入了四达时代的影视创作阵营。此后的2017年，"第二届斯瓦希里语配音大赛"又一次如期在坦桑尼亚成功举办，而且规模更大，除了第一届举办的三个地方外，还新增了坦桑尼亚湖区明珠姆万扎一地；这届比赛参与的人数也更多，报名人数增加到了3000人；竞争更加激烈，比赛难度就此升级。在2017年第二届配音大赛中，比第一届更多的坦桑尼亚影视明星也自发地加入到海选中来，星光熠熠，璀璨闪耀在中非友谊之路上。这届比赛的影响力也更大，桑给巴尔副总统、文化部部长都为这次大赛活动倾力宣传，斯瓦希里语协会会长和中国驻坦桑尼亚大使馆文化参赞也都莅临比赛现场，为选手加油助威；此外，这届比赛覆盖的范围更加广泛，第二届比赛在全国清流频道黄金时段连续直播达5个小时，坦桑尼亚多数百姓都见证了参加"中国影视剧配音大赛"选手们的风采。

在众多的参赛选手中，有这样几个身影，至今仍令王倩记忆犹新，难以忘却……

每个人心中都有着神圣的梦想，而通往梦想的路就在脚下，始终走在这条路上，跌倒了，再爬起来，继续走下去，梦想的大门终将为坚忍不拔的人开启。

三次参赛终圆梦想的克莱莎

克莱莎（Coletha）是一个超级明星，在坦桑尼亚属于家喻户晓的那一类，她的梦想就是能到万里之外的中国学习和工作。为了实现自己的梦想，作为一位非洲本土的明星大腕，她却甘愿放下身段，先后两次参加了四达时代举办的配音大赛。在2016年第一届大赛时，克莱莎凭借着出色的个人演艺能力，毫无悬念地杀入决赛，但令人惋惜的是她意外地倒在了前十名之外，最终未能入围。她的"梦想"从这里被按下了暂停键。克莱莎不仅演技优秀，而且意志顽强，永不言弃，虽然是个演艺明星，但是在人生的道路上，每个人都该是不轻言放弃、寻求突破自我极限的运动员，而她能坚持下来，一定是因为心中那个关于中国的梦想无时无刻都在召唤着她，照耀着她，指引着她。2017年第二届配音大赛举办时，王倩在首个海选城市桑给巴尔岛，再次见到了相别一年的克莱莎，她是从隔海遥望的达累斯萨拉姆特意跨海来参加比赛的，为的就是再次抓住实现人生梦想的难得机会。但令人意外的是，这次克莱莎竟然在海选中就被淘汰（可见竞争之激烈）。王倩以为克莱莎会就此梦碎，永远地消失在尽头。但不曾想，三个星期之后，在达累斯萨拉姆的海选现场，克莱莎像打不倒的"铁娘子"一样，再次参加了比赛，有志者事竟成，这次克莱莎一路过关斩将，表现得越来越好，并以第三名的成绩来到了中国，实现了她的梦想。

人生逆袭的摄影师亚伯拉罕

在王倩的记忆深处，还有一个人的表现堪称奇迹。这个人名叫亚伯拉罕（Abraham），是第一届比赛活动外包摄像团队里的一名摄影师，他每天都在忙忙碌碌地进行赛事的拍摄工作，却不是这个比赛场里的主角，甚至只存在于被灯光和人群视线遗忘的灰暗角落里。就是这么一个看似和激烈竞争毫无关联的人，在海选还剩最后几位选手、比赛临近尾声的时候，竟然鼓足勇气，挺身而出，为自己填写了一张参赛报名表，这让现场的赛事工作人员有些不解。亚伯拉罕自信地向工作人员解释，他觉得自己不比台上的任何一个选手差，他想给自己的人生一次难得机会。结果怎样？他成功了，并且很幸运地来到了中国。人生的舞台就是这样，倾听心声，追随梦想，抓住机遇，才能让自己脱颖未出，亚伯拉罕做到了，令人钦佩。

自学汉语的坦桑尼亚青年

当然，在比赛中还有很多的参赛选手被淘汰了。王倩记得第二届时在桑给巴尔岛的那场海选，筹备期间她们结识了几个坦桑尼亚本地青年人。一天，当王倩和同事正在广场上拍摄城市空镜的时候，这几个年轻人主动上前和王倩聊天，而且一张口冒出来的竟然是汉语，这让摄制组的成员都感到非常意外。原来，这几个年轻人利用业余时间坚持自学汉语已有几年，没有老师，他们就坚持上网找网络视屏收看、学习，或者在街头搭讪那些拥有亚洲面孔的游客，和他们友好地聊天，练习汉语。更让人称奇的是，这几个非洲青年每个人都给自己取了一个中国名字，他们的梦想就是能够有机会去中国，亲眼看一下电视剧里曾经见过的北京。但遗憾的是，比赛实在太过激烈，这几个年轻人最终没能进入决赛。

2016年和2017年这两届配音大赛，参赛选手从16岁的中学生到80多岁的老人，从青涩的大学在校生到当红影视明星、歌星，从前台小姐姐到IT工程师……各行各业的非洲友人都积极地参与进来，倾注心血和热情，让活动氛围空前高涨。让王倩高兴的是，活动的效果出奇地好，不仅为四达时代出品的中国影视剧遴选出了合格的配音人才，更积极的意义在于活动使很多从前根本不知道配音为何物的非洲人民，到第二年比赛时已经越来越自信，甚至有铁粉追着王倩和她的同事，强烈要求参加比赛。王倩对此真的非常感慨，她和团队付出的努力没有白费。作为企业员工他们很好地完成了企业交代的任务；作为来自中国的文化使者，他们构筑起了文化的桥梁，沟通了中非文化，成为了名副其实的文化纽带。

"中国影视剧配音大赛"在坦桑尼亚开了一个头之后，四达时代将这个项目在更多国家进行了推广和复制，其中包括尼日利亚的豪萨语配音大赛、莫桑比克的葡萄牙语配音大赛、南非的祖鲁语配音大赛、科特迪瓦的法语配音大赛……这一系列的比赛成功地帮助众多非洲语言人才来到中国北京工作和学习。直到现在，这些肤色不同、乐观、略有些腼腆、爱说爱笑的来自非洲不同国家的人才，有的还留在四达时代总部担当专职的配音演员，有的则已经转岗成为专业影视录音师或者翻译，为中国影视剧的译制配音经年累月地做着贡献；还有更多非洲人才在北京学有所成后回到自己的国家，通过不断的努力，带动了当地译制配音行业的发展与进步。

到后来，令王倩和同事欣慰的是，在为四达时代出品的中国影视剧作品增加了专业的、语音纯正的非洲本土配音后，非洲观众逐渐对后期制作、播放的中国影视剧的评价也越来越高。

在王倩心底，表面上在非洲多个国家举办的配音大赛，看似只是为中国输出的影视作品寻找更合适的非洲本地配音演员，实际上，这样的比赛活动不仅承载着王倩的影视之梦，让王倩追求精益求精的作品的梦想逐步得以实现，更成了中非友好交流的桥梁和纽带，受到各国的广泛关注和认可。这样的意义远远超越了工作初始的目的，也让王倩和她的同事备感自豪与光荣。

◎ 非洲大草原上自由驰骋的中国影视"大篷车"

到2017年，已经扎根非洲工作将近两年的王倩生活得很充实，每天忙忙碌碌，工作进展得有条不紊。但是王倩清楚地知道，自己是带着使命而来，带着任务而来，所以不该被常态化的生活和工作遮蔽双目，失去方向感和进取心，她要继续推进工作

北京影视
剧非洲展播赞
比亚启动仪式
现场

进展和创新。除了日常工作之外，王倩也在反复思考如何让中国的影视作品得到更广泛的传播，在非洲这片远离祖国的土地上，开出更加灿烂的花朵，产生更大的影响。在举办了"第二届中国影视剧配音大赛"之后，王倩意识到应该朝下一个目标进发了——继续寻找新的形式和手段，推广四达时代出品的中国优秀影视剧产品，让非洲观众能够从多种角度、不同场景下，看到更多的、精彩纷呈的中国影视作品，并持续提升中国影视作品在非洲社会的热度和影响力，为未来搭建更为稳固的中非文化交流之桥。

翻遍了记忆的角落和深处，王倩的思维逐渐清晰起来。

在之前的非洲出差经历中,王倩亲身观摩到过四达时代肯尼亚分公司的"路演",觉得很受启发。这种"路演"的模式就是一个主持人站在移动的舞台上——一辆经过改装的卡车,拿着麦克风唱歌,并在表演间歇向观众讲一些烘托热烈气氛的话语,从而达到推销四达时代出产的机顶盒和节目包的目的。王倩当时非常看好这种营销模式,于是和同事们分享了对路演的感受,同事们也觉得这种方式是最接近用户的宣传方式。于是,受此启发,王倩打算在路演改装车上放置电影幕布,使其可以流动、循环播放中国影视剧。受父辈喜爱的印度电影《大篷车》的启发,王倩和同事给这个项目取了个再贴切不过的名字——"中国影视大篷车"。他们希望用送电影下乡的方式带给非洲人民更多优质的中国影视作品。有了以上想法,王倩和她的团队一拍即合,认为这个想法非常可行,于是大家连夜拟定了初步的构思和预算,以及实施方案,并报给了坐镇北京总部的孟总。孟总和公司其他领导审阅后,认为这个想法非常好,很快批准通过,建议王倩尽快细化实施内容,并开展方案落地实施。

2017年下半年,王倩和另外两名同事从总部出发前往赞比亚,开启了她的大篷车之旅。

时不我待，2017年年底前，经过两三个月的精心准备，王倩团队的影视大篷车已经初现雏形，而首次组织实施中国影视大篷车放映也正在此时。

经过前期反复衡量和考虑，四达时代的放映方案做得很扎实、到位，事前选定的放映点也很多，从非洲南部到北部，跨度很大，以便尽量覆盖到更多的非洲观众，让中国影视剧传递出的东方气息散布广袤的非洲大地。

影视大篷车正式出发前，王倩和她的同事需要针对每个经过的国家进行详细的考察，包括社会环境、道路条件、群众基础、观影偏好等内容，从而规划出更为细化的放映方案，制定好可行的放映计划。例如，在大篷车途径的非洲中南部国家赞比亚，其尚属世界上最不发达的国家之一，当地有很多的百姓家里都还没有配备电视、网络等设备，他们对影视剧这种传媒形式比较陌生，甚至在赞比亚有很多地方还未能通电。王倩初次来到这里的时候，感觉大篷车的放映效果或许不容乐观。同时，王倩和同事不约而同地意识到，采用传统的幕布形式进行放映的方案或许不足取，原本他们认为非洲当地的日晒时间比较长，不仅可以利用较长的白天进行放映，还可以将放映时段一直延伸到晚间，但后来经过论证和探讨，他们发现晚上放映可能会带来安全隐患，且人群聚集效果不佳，于是他们向公司提出了增加预算，租用本地直播球赛的可升降高清LED移动车，并为这样的设备配备了完善的柴油发电机。一个放映车只是一个舞台的延伸，而在舞台背后还需要有着其他方方面面的道具支持和协助，为此，四达时代赞比亚分公司专门为放映队伍配备了小巴士，巴士中承载着放映过程需要用到道旗、音响设备、摄像机、各种办公设备和人员的行李。此外，在影视大篷车车队中，打头阵的是一辆他们租来的卡车，按照王倩的想法，参照先前公司

大篷车
影视展播放
映现场

路演车的模式，卡车车厢被布置成了简易的舞台，考虑到非洲人民对舞蹈颇为喜爱，卡车上专门配备了一个主持人和三个舞蹈演员，每到一个地方，放映开始前，主持人和舞蹈演员就会互动起来，跳起激扬、欢快的民族舞蹈，招揽观众，活跃现场气氛。当周边的百姓都聚集起来的时候，大篷车就开始在热烈氛围中放映……

就这样，四达时代打造的中国影视大篷车经过了精心构思和准备，终于出发了。当大篷车进入赞比亚的各个村镇的时候，这种文化传播的形式受到了当地人民的极大欢迎。在赞比亚，大篷车的出发点始自首都卢萨卡，然后一路北上，经过人口密集的中央城市卡布韦，最后抵达北部铜带省的恩多拉和基特韦，足迹直至多个边陲小镇，这里有很多地方连平整完善的道路设施都不具备，大篷车队经常会行驶在坑坑洼洼的乡间小路上，一路颠簸着前行，但不曾停下折返。这一路走下来，影视大篷车不仅在热闹的市场外播放，也在人口密集的村庄里播放，还在学校里为孩子们播放，到处充满着欢声笑语。所到之处，人们热议中国影视剧的见闻，意犹未尽，并在大篷车离开时，用深情的目光期待着能够和大篷车再次相遇、重逢。

在赞比亚放映的第9天，大篷车已经抵达了这个国家最北边的一个放映点，这个放映点位于两个很小的自然村落之间，由于基础设施条件较差，村子里面的道路过于狭窄，车队中的放映车根本无法通过这条小窄道开进预先选好的放映点，正在王倩和同事一筹莫展，犹豫是否该放弃的时候，等待已久、迫不及待的村长挺身站了出来，跟王倩的同事反映村民们非常想看到中国的影视剧，王倩和同事们着实为难了良久。该怎么办呢？

正所谓方法总比问题多，放映队成员商议决定，开着最小的一辆车进入，其他同事抱着电视机进村，去给村民放电影。为此，村民们非常感激。

还有一次，车队来到卡布韦某地，放映点被确定为4个村庄尽头的广场上，当车队刚刚经过第一个村庄时，就有不少当地的孩子从村口跑出来，跟随大篷车队向前行进。就这样，每经过一个村庄，就会跑出很多孩子跟随着，他们还不断召唤着自己的同伴，可见他们期盼这次和中国车队的相遇有多么迫切。车队后面奔跑跟随的孩子越聚越多，到第四个村庄时，已经聚集了近百个孩子。车子还未停稳，一个个小小的脑袋便挤在路演车边上、放映车下面，以抢占最佳的观影位置。之后看到王倩和工作人员们忙碌准备的身姿，孩子们还一个劲地和王倩及同事招手、打招呼。

手持大篷车活动宣传单的非洲儿童

当车队来到一个叫基特韦的地方时，由于路况越来越差（基本都是简易的土路），去往预定放映村庄的道路土质松软，车队的小巴车不巧陷入大坑里。司机拼命地、一次又一次地深踩着油门，企图挣脱泥土对车轮的束缚，但车轮反而越陷越深，似乎已经无法摆脱这个深坑。于是，几个车组人员赶紧下来推车，附近的老百姓闻讯后，也跑过来帮忙推车，并派人回去叫更多的人来帮忙。最后，在非洲兄弟们的帮助下，连搬带扛地终于把小巴士推出了深坑。

还有一次比较意外的状况是，车队在抵达卡布韦某地前，按照常规要求，已经提前和警察局打过招呼，并申请了放映许可，但抵达当地后还是被当地警察以莫名其妙的理由给禁止了。时间一分一秒地流逝，已经下午三点钟了，放映再举办不了，活动就要"开天窗"（新闻专业术语，意为被禁止，这里指活动无法举办）了，为此大家都焦急万分，也都在想着各种可能的解决办法。这时候，车队中一个本地工作人员站了出来，他抱着试试看的心态去到附近一所小学，找到该校的女校长福斯缇娜进行了一番顺畅的沟通，而校长也友好地表示非常欢迎这个活动，愿意为车队提供放映场地。当时已近

王倩在赞比亚影视大篷车放映后和非洲儿童深情道别

下午四点，学校部分低年级学生刚刚放学，于是在校长的组织下，车队为孩子们放映了影视剧作品，深受孩子们的喜爱。放映结束后，在接受王倩采访时，福斯缇娜校长屡屡称赞这次活动，表达了充分认可。

在赞比亚，"中国影视大篷车"放映队马不停蹄地进行了10天的路演放映，总行程达到五百多公里，共经过了4个城市、12个村庄，圆满完成了24场放映，有一万余人次通过大篷车观看了中国影视剧，初步了解了中国和中国文化。

（整个路演放映结束后，四达时代赞比亚分公司组织召开了一场汇报大会，当时，赞比亚文化部部长和远道而来的北京市广电局领导都有出席，福斯缇娜校长也受邀来到卢萨卡，在众多新闻媒体和当地领导面前，亲自做了观影分享，同时表达了殷切期望——希望这种能够开阔孩子眼界的活动可以经常举行。）

回首这段难忘的历程，王倩深感放映工作的开展与推进是非常艰苦的，当时，放映队由包括王倩在内的3位中国外派工作人员、2位四达时代在赞比亚本地市场的工作人员、4位赞比亚本地的路演演员、1位本地司机和1位放映车工程师共同组成。那时，车队的所有工作人员都一起下榻于乡下旅馆，日常一般是在车上解决早饭和午饭，晚饭则是在乡下的饭店迅速解决。对于非洲本地工作人员来说，这些食宿都如家常便饭，但是对于远道而来的王倩和另外两位中国同事而言，天天食用非洲的油炸肉食配木薯泥的本地餐，吃一顿、两顿还可以接受，但是顿顿食用的话，中国人的胃真的是无福消受。但最终大家还是坚持下来，度过了难关。

有付出就会有回报。赞比亚的"中国影视大篷车"放映活动也得到了时任赞比亚信息部部长坎帕姆巴·穆伦加女士的肯定，她希望老百姓能成群结队地去看来自中国的电影放映，让电影中的正能量融入到百姓的价值观和生活中。赞比亚大篷车放映活动也得到了非洲当地民众的热烈好评，观影群众还在活动旗帜上印了彩色的手印，形成了一面长长的"手印旗"，这个手印旗现在还挂在四达时代译制部大门的门口，成为了不可抹去的闪光记忆被留存。之后，四达时代将赞比亚影视大篷车项目的经验在非洲其他国家推广，在法语区的科特迪瓦、马达加斯加，西非尼日利亚、加纳等国家组织了更多语种的"中国影视大篷车"放映，这些活动也同样吸引了当地百姓，获得了认可与好评。"中国影

视大篷车"真正将中国影视剧送到非洲观众的家门
口，很好地解决了中非文化传播渠道中最后一公里
的问题。

◎ 马拉夸内，非洲大地上的"希望小学"

2018年3月，中国大地春意正浓，国家经济发
展一片欣欣向荣，喀麦隆总统保罗·比亚对中国进
行了国事访问。王倩和她的同事身负重托，有幸成
为此次访问与会见的拍摄团队，帮助喀麦隆国家电
视台在人民大会堂全程进行了新闻拍摄与直播信号
回传工作。

之后，鉴于王倩和她的团队准确、流畅、无误
的优异工作表现，王倩被四达时代公司再次委以重
任，派往莫桑比克拍摄中莫两国合作的又一杰出成
果——"万村通"项目的启动仪式。"万村通"项
目是在2015年中非合作论坛约翰内斯堡峰会期间，
由习近平主席亲自提出的为非洲1万个村落安装电
视的伟大工程，这项工程具有划时代的意义，将被
载入中非友好交往的史册，为史所鉴。而四达时
代公司也幸运地成为践行主席的提议，使工程能
够顺利落地非洲的强力执行方，四达时代公司打

刚果某村的非洲儿童在聚精会神地观看四达时代播放的中国影视剧

算借此契机帮助非洲社会和当地人民迈入一个崭新的传媒时代。此次拍摄任务的目的地——莫桑比克虽然只是"万村通"项目覆盖的国家之一，但意义非比寻常。

当日，项目启动仪式在马拉夸内以发布会的形式成功举办，会场上空飘扬着中、莫两国的国旗，会场上来宾云集，包括莫桑比克政要和各界知名人士，中国全国人大常委会委员长栗战书及中国驻莫桑比克使团要员都参加了启动仪式。会上，与会中莫代表纷纷热烈发言，共叙中莫友谊、中非友好发展、互利多赢，并展望了美好的中非未来合作。

在发布会现场的一旁是一所拥有漂亮外观的学校——马拉夸内第一小学，小学周边的道路已经被修葺一新，平整开阔；崭新的校舍也已整修完毕，旧貌换了新颜。这所小学有何来头？原来，这所小学是"万村通"项目落地执行中，在莫桑比克免费安装投影电视的第一个公共服务点。因此，这所小学成为中非友谊合作中新的里程碑和见证，被载入了中非交往的史册。

王倩此行的任务是报道这次启动仪式，将仪式的影像和资料完整地记录下来，并传回国内，同时传遍非洲大地，让中非友谊更加紧密，让中非合作的成果捷报频传。活动仪式让在场的人心潮澎湃、热血沸腾，在王倩的头脑中，对非洲未来的美好憧憬时时浮现，但更让她难忘的还是关于马拉夸内第一小学。

王倩和摄制组在"万村通"项目启动仪式前的一周抵达了莫桑比克。按照惯例，每次拍摄前，摄制人员都要认真、反复地对拍摄场地进行必要的踩点，对会议流程做深入的了解。踩点之余，矗立在王倩眼前的这所漂亮的小学校，深深地吸引了王倩和她的同事，让他们久久立足于此，似乎在寻找着某种答案。王倩惊叹，在经济不甚发达、教育水平和受重视程度也不高的莫桑比克，怎么会有这样优质的教育资源？据子承父业的校长介绍，在万村通

2018年影
视大篷车放映
活动在塞纳加
尔展开

项目落地马拉夸内之前，这所年代久远的学校，由
于教育资金严重短缺，早已年久失修，破败不堪，
已经成为危房，多个教室的房顶先后漏了，也没有
资金用来修缮，晴天时强烈的光线透过屋顶的漏洞
直射进教室，雨天时雨水无情地洒到桌面上，淋透
了学生，为此，学校只能把学生集中在几间尚且完
好的教室内，分年级轮流教学、上课，充分利用有
限的可用空间，如果安排不开时，没有教室的班级
只能在校园里的大树下、在炎热的空气中开展室
外授课。幼小童真的学生就是在这样恶劣的环境
下，顽强地学习着、生存着、进步着，他们从不

轻言放弃，对知识的渴望胜过以往，这是最令老师欣慰的。

校长接着向王倩讲述，万村通项目开始实施后，马拉夸内小学和村医院一起被评定为所在村落的公共服务点，每个服务点都可以得到中国援助的一套卫星电视设备，通过这套设备，当地人们可以免费观看多套电视节目，了解外面的世界，增长知识，开阔眼界。

当校长听说王倩来自中国的四达时代公司时，动情地紧紧握住王倩的双手，表示出了最诚挚的感谢——感谢四达时代公司，感谢中国友人的大力支持。原来，四达时代公司驻莫桑比克分公司的工作人员在实施万村通项目的过程中，不仅按照项目要求一丝不苟地为学校安装了卫星锅（电视信号接收器）和室内投影设备，还细心周到地额外为教室加装了遮阳窗帘。当几位工作人员深入安装现场，发现学校设施条件如此不堪时，经过短暂的沟通、交流，几位来自中国的技术人员一拍即合，决定自掏腰包，自筹资金，资助学校进行校舍修缮，以改变破败不堪的校舍。而这个消息也很快从莫桑比克分公司传回了北京的总部。四达时代总部领导迅速召开决策会议，决定拨出特殊许可专项资金，全额投入，帮助马拉夸内小学进行校舍整改修缮。不久，马拉夸内小学教室房顶的漏洞被——修缮了，这样还不够到位，公司又聘请粉刷匠把学校的围墙和室内墙面全部进行了翻新粉刷，一个崭新的校舍不消几日便呈现在了当地人民的视线里，孩子们就像过节一样欢呼雀跃，高兴极了。

当马拉夸内小学再次开学的时候（启动仪式前3天），孩子们坐在粉刷一新并经过重新布置的多功能教室中，老师打开电源，连接信号，太阳能投影电视被接通的时候，孩子们看到已经被准确译成葡萄牙语的中国动画片在投影幕布上演绎、展开，孩子们看得聚精会神，这对他们而言是一个全新的世界，是一种全新的视角，更是一次美好的体验……只听，教室里不时传来阵阵欢声笑语，欢乐的海洋正在翻涌。很显然，孩子们都很喜欢来自中国的影视作品，这让四达时代的团队价值得到了肯定，他们的付出获得了认可，他们传递的中国文化赢得了非洲孩子们的好感。

孩子们轮流进入新颖的多功能教室观看中国动画片，节目放了一场又一场，最后究竟放了多少场却没人知道。那些在外面排队等待入场的孩子们则在从前室外上课的大树下面，安静地等候着。为了不让等待过于漫长、过于焦虑、过于枯燥，四达时代公司化身为制造欢乐的使者，备好了面包和饮料，并组织孩子们用彩笔在纸上、用石头在地上画起画来，有的孩子亲手绘出了属于自己的漂亮的学校，有的则编织着自己未来的梦想，虽然这些画作十分稚嫩，但王倩读懂了这里面表达的快乐与爱。

马拉夸内小学校长和教师们感慨于来自中国的友情和真挚帮助，为此，在万村通项目启动仪式开始前，一口气创作了四首歌曲，用来表达他们对中非友谊的热爱、对快乐生活的向往和对美好生活的期盼。

这段工作经历虽已随着时间推移逐渐平淡，但时空会变，初心不会变，王倩深深体会到中国企业

在刚果举行大篷车放映活动时的非洲儿童

在非洲所做的工作，功在当代，利在千秋，这些艰辛与付出是不能用一时的价值去衡量的，而应用时间去验证，其意义必将会与日俱增。想到此处，王倩倍感骄傲，为祖国备感自豪，是祖国给了她这样荣耀的光环和实现人生价值的机遇，更是时代赋予了她无法拒绝的使命。她暗下决心，必将用更加精彩的节目内容，传递中国文化，让自己成为中非交往纽带中牢不可破的一环。这样的意义高于一切，献身于这样的伟大事业，作为年轻的中国制片人，王倩希望未来的自己，能够"不负青春，不负韶华，不负时代"！

王倩和非洲儿童合影

扎根异国乡土的
热血年轻人

正邦集团成立于2000年，总部位于我国江西省南昌市，经过二十余年的成功发展，已成为农业产业化国家重点龙头企业，国家高新技术企业，形成了以农牧、种植、金融、动物保健、乳品、畜禽加工、农化（农药制剂和原药生产）等为主要产业的大型农牧企业集团。企业拥有员工5.6万人，子公司超过480家，2019年营业收入高达8804695万元，2018年位列中国企业500强第254位，2020年位列中国民营企业500强第72位。2013年"一带一路"倡议提出后，正邦集团开始积极响应号召，谋划自身出海方略。2016年，企业开始发力"走出去"，至今，已先后在10个国家成立了十余家农牧企业，投资了二十余个项目。

本文的主人公名叫叶长生，是一个敢于担当的"80后"，同事们都亲切地称呼他为"小叶"。叶长生是一个土生土长的农家子弟，也许是这样的背景，加上性格比较外向、开朗，具有一定的冒险精神，造就了他在学校学业结束之后，毅然决然地选择投身于关乎国家发展和稳定的农业产业，从事和农业生产资料相关的销售工作，这一干就是十余载，伴随着企业创新发展和"一带一路"的步伐，走出了一条无愧自己一腔热血青春的人生之路！

◎ 离开象牙塔的年轻人——择木而栖，初展实力

"一带一路"倡议的发展进程关乎国家长远发展的未来大势，企业作为参与主体需要勇于担当，勇于创新，大胆地走出去，而只有不断积累起那些具有"创新、冒险、无畏、敬业、专业"意识的人才，建立好企业人才梯队，才可以使企业敢于站出来，迈出坚实的步伐，跨海而出、踏浪而行，最终屹立在潮流之巅。

正式跨入新世纪的2000年12月，在我国中南

部省份江西，一家具有创新思维的前瞻性企业——正邦集团诞生了。公司创始团队根植于中华大地的沃土乡情，深思熟虑之后确定企业未来的主营方向为现代农业生产及农业附加值产品和服务。彼时，农业农村政策调整是国家改革发展过程中的重点关注方向之一。在1999年国务院的政府工作报告中，再次提到要"进一步稳定和加强农业的基础地位。要发展高效农业、生态农业、出口农业……"这样的大政方针透露出，农业是国家的根本，是立国之本，是民生之本，对农业生产力的改革与创新探索要持续推进，不容忽视，推动和保障农业产业实现未来发展必须持续得以加强。正邦集团正是抓住了历史机遇，肩负起农业发展的重大使命，在世纪之交破茧而出，在世纪前叶站稳脚跟，并很快就驶上了企业发展的快车道。同时，企业发展能够如此快速，也与企业重视人才培养，注重发现和招揽人才、留住人才息息相关。

叶长生在田间工作

　　叶长生在大学的专业是精细化工，对农业化学具有较为专业的基础认知。学以致用是人才择业的基本原则，而企业也正是看中了初出茅庐的人才具有跟随时代递进的专业基础，才会互为所用。

　　2007年12月，还未正式迈出"象牙塔"步入社会的叶长生，以实习生的身份被后来荣登"中国企业500强"的正邦集团相中，作为应届实习生，加入了发展势头蒸蒸日上的正邦集团，开启了自己人生中一段非同寻常的全新历程。

　　从2007年底入职正邦集团算起，这一干就是13个年头。头三个月，叶长生作为实习生和其他入职正邦集团的应届毕业生一样，经过短暂的培训，之后需要到企业一线市场进行打磨、锻炼和再学习，从而获取最基本的业务经验和业务知识，熟悉相关的实操内容。作为喜好沟通与交流的外向型的年轻人，叶长生很适合做销售工作，企业领导也认为叶长生具有这方面的潜质，值得挖掘和培养，于是把他安排在了销售一线部门，而非技术研发部门。

　　经过一段时间的实习打磨，逐渐从学习生涯过渡到职业生涯的叶长生逐渐地体会到，农业是立国之本，是国家经济社会稳定的基础，搞好中国的农业发展事业，给广大基层的农民朋友提供高质量的农用（特别是农药）产品，是保障和稳定我国农业产量，保证人民衣食住行，提高我国农业发展综合水平的必要途径，绝不能有半点含糊，更容不得一丝马虎。所以对于市场上经常充斥假冒伪劣农药及农产品的现象，叶长生十分痛恨和排斥，他除了从自身做起，销售合格的农药产品给基层农民，还坚决抵制假冒伪劣农药产品，敢于揭露这些卑劣的产品和企业。由此，他赢得了基层农药产品采购者和基层农民使用者的认可与青睐。凭借着这样的敬业态度和对农民朋友的负责心，他扎根于基层土壤，不仅在自己负责的领域内，为企业建立起了畅通、稳固的销售渠道，还和很多农民交上了朋友；反过来，中国农民身上固有的淳朴、善良、勤劳的优良作风，也深深地影响着叶长生的人生成长之路，让他始终坚信，和农民兄弟交往，服务好农民兄弟，就要凭良心做人、做事，脚踏实地，为对方利益着想，而且要不折不扣地长期坚持。

建立了较高标准的敬业态度和职业操守，接下来就要设定尽量明确和充盈的职业目标，为自己规划和指明清晰的人生道路的前进方向。那么，叶长生为自己确定的目标是什么呢？就是扎根基层乡土间，投身于基层市场，快速熟悉市场，顺应市场，了解客户需求，将企业产品和市场做到"稳、准、快"地有效对接，让企业的产品畅销于农业市场；让农民朋友放心地使用正邦的农用产品。有了这样的职业目标，接下来还要靠行动力和执行力，去撑起自己的一片天地，让理想更加丰满，落地生花，结出果实。初出茅庐的叶长生，对自己和企业的未来充满信心，依托着能吃苦、不服输、不怕困难、勇于挑战的性格特点，叶长生要让自己这个从前在校园中有目共睹的"活跃分子"，直接升级为职场中的超强行动派和执行者。

很快，叶长生经过两个多月的艰苦实习，最终通过了企业的严格考核，正式成为正邦集团的员工。这一刻，他喜形于色，同时暗下决心，要不断努力，让梦想成为现实！

2008年年中的时候，叶长生被公司从江西总部派遣到湖南省娄底市，肩负起了娄底市场销售推广的职责。是金子，放在哪里都会发光，而且时间越久，越璀璨夺目。

很快的，头脑灵活、思维敏捷的叶长生就经受住了考验，熟悉了娄底市场，之后就开始单挑一摊了……

很多故事发展到此，便没有了下文，但是叶长生的人生脚步却从未停歇过，他知道自己是在爬一座尚未看到顶峰的峻岭，一旦停下来稍作喘息，可能就会丧失继续向上的勇气和意志，所以他不能让自己停留下来。

时间一晃来到了2009年下半年，叶长生被公司委以重任，成为正邦集团在娄底市的区域市场经理，全权负责公司在该片区域的销售事务。天道酬勤，叶长生在入职正邦集团后不到两年的时间，通过自我的努力获得了长足成长，脱颖而出，不负领导期望，开始独当一面。走马上任后的叶长生在区域市场负责人的岗位上，埋头苦干，扎根基层，一直干到了2011年的年中。那时候，农业产品的基层销售工作通常比较辛苦，跑市场的地域跨度很大，经常需要上山下乡、穿梭迂回于不同的村镇之间，这和那种出差坐飞机、住五星级酒店的待遇比起来，简直是天壤之别。但是叶长生深知自己的任务和使命，他从未羡慕那些高标准、高待遇出差的人士，尽管工作内容不同，但是性质和使命其实都是一样的，能否实现既定的目标比什么都重要。

在基层，年轻的叶长生不是"等、靠、要"，而是选择带领下属团队一起跑一线市场、下基层，有时工作忙得不可开交，只能将就着泡泡面或者是吃盒饭。在这个团队里，有很多和叶长生年龄相仿的年轻人，在叶长生身先士卒的影响下都拿出了十足的干劲，付出百倍的努力。一帮年轻人在一起共事总会产生火花，产生共鸣，产生热情……这样攥成的拳头，力道十足，怎会干不出成绩呢？

有付出终将会有回报，而且付出越大，回报越高，这是顺理成章的客观规律。

叶长生经过这个阶段的工作洗礼和锤炼，以更为出色的工作成绩得到了直管领导的充分认可，上级领导曾经这么评价他："这个'80后'小伙子很有实干精神，和我们的企业文化相吻合，能吃苦，有干劲，是个助力企业谋求更大发展的好苗子、好帮手……"叶长生听说后，略带腼腆地微微一笑，他并没有把领导的肯定当作自己骄傲、自满的资本，他清晰地认识到，自己还很年轻，不能自满，不能止步，要把上级的肯定看作是对自己上一段艰辛付出的总结和归纳，对此，他只给自己打80分，这和他在校学习时90分以上全优的成绩相比较，还是有心理差距的。他决心再次吹响前进的号角，用顽强的拼搏意识在这条职业赛道上奋勇攀登、不断向前奔跑。

鉴于叶长生出色的工作履职表现，2011年年中时，集团总部急调他先后任职湖南、广西、广东、海南、云南等区域的推广部长，在多地之间往来，督导公司业务推进和政策落地，全面帮助公司在更大范围内开展业务，深化企业发展之路。可以说，这是叶长生在正邦集团个人职业发展历程中的第二个阶段，他通过自身努力赢得的施展空间越来越大，这个阶段是他个人提升的关键转折点，也是他个人推开通向更广阔空间的一道大门。其实，现在想来，领导的安排也有着特殊的意义，此时的领导想要考察叶长生个人的承压能力如何，以及他个人独当一面地驾驭多区域业务并行推进的综合能力如何……答案很明显，叶长生经受住了工作考验，又一次获得了领导的认可，他像市场中的游侠一样，纵横驰骋，自由搏击，游刃有余，一切都有条不紊地推进着。

很快，半年之后的2011年年底，叶长生从一些渠道得到消息——公司已经决定让他再次转变角色，回到他曾经战斗过的地方，坐镇湖南市场，担任湖南省区域市场经理。

叶长生未曾想过，幸福竟然会来得这么快，不，这不是关乎个人的、简单的人生幸福，而是一种更大的责任和使命在召唤着他。他抱有同龄人少有的冷静心态，他谨慎地告诫自己，要不辱使命，要坚持奋斗，为人生迎来更明媚的阳光。

在湖南省区域市场经理的位置上，叶长生干了将近三年的时间，使正邦集团在湖南的业务站稳了脚跟，成为当地农业市场中数一数二的头部企业。但之后，叶长生的职业人生再次发生了转变，摆在他面前的是一个急转弯，在外人看来有些始料未及、猝不及防，一切来得实在是太突然、太不可思议……

回想起来，当初加入正邦集团时，叶长生根本未曾料到，这家初创的企业竟然如此之快地成长壮大起来，且羽翼不断丰满，之后长期占据中国企业500强的榜单，旗下企业在2020年成功登陆了A股资本市场。这一切梦幻得犹如童话，但却又显得水到渠成。

伟大的时代为人才孕育了难得的机遇；人才择良木而栖，将机遇通过企业平台牢牢地紧握在自己手中，让自己的命运和企业的命运同系一线，这样的人才必然是企业的宝贵财富，可遇不可求。叶长生正是新时代孕育出的新型人才，他践行着自己的理想，为时代赋予的使命和责任不懈奋斗着、拼搏着……

◎ 挺身而出，主动请缨，首航缅甸

2013年，"一带一路"倡议发出，民营企业纷纷热议和响应。运作高效、管理有序、市场直觉敏锐的正邦集团也捕捉到了崭新的投资发展机会，为此，集团快速地组织相关人员召开专项会议，共同研讨如何响应国家"一带一路"的伟大倡议，捉住历史赋予的发展机遇，进行必要的前期准备工作。这一番研讨结束后，正邦集团通过对"一带一路"沿线国家资料的搜集和研究，结合企业自身的发展目标，很快就制定出未来5~10年企业海外投资发展的方案，并在整个集团内部提出了"走出去，国际化"的，具有新时代、新特色的发展战略，这样的"路线图"为正邦集团未来数年的扩大发展指明了方向，同时，也鼓舞了包括叶长生在内的数千名员工的士气，为企业绘制了美好的、可期的发展蓝图。

之后，正邦集团按照企业海外发展的"路线图"先后在缅甸、孟加拉国、柬埔寨、老挝、巴基斯坦等国家投资设立了全资、合资的子公司。至于为什么要把海外投资的落脚点确定在这些国家，而不是中亚、西亚、非洲、中东欧等地，主要原因在于这些选定的国家基本上位于中国周边，和中国南方的气候、自然环境、生态条件接近，就农业生产而言，跨气候带的投资不利于发挥自身优势，而这些中国周边的国家可以很好地复制中国的农业生产流程和经验，推广在中国已经被证明是有效的农业产品和技术。所以说，对上述国家的投资针对性极强，需求容易对接，技术和产品转移、嫁接的适应性更容易把控。

那时，叶长生正任职湖南省区域市场经理，正在专心致志开拓湖南市场，服务好遍及湖南省内的农民兄弟。当叶长生从同事那里得知，集团就"一带一路"召开了有关会议，下定决心，制定了全新战略，即将乘风起航，出海兴业的时候，叶长生隐约地感觉到，自己内心深处有一种莫名的期待和悸动。这种感觉始自一种时代荣耀的召唤，一种对未来的期许，他感觉自己再一次迎接挑战的时刻就要到来，为此，爱冒险的叶长生打算踏出这一步，放弃现有的一切，和企业一同奔赴海外，成为这段历程的亲历者，成为"一带一路"的践行者。

新的人生即将开启。

这是叶长生在正邦集团的又一次人生转折，而这次的意义非同寻常，因为他知道，这对很多人而言都是不可能碰到，或者不敢去贸然尝试的机遇，他知道自己可以胜任，也必能担当起重任，所以他毅然决然挺身而出，主动请缨，向公司领导表明了自己的意愿——甘当探路先锋，和企业一同出海。上级领导对叶长生的申请非常重视，但是也有所顾虑。一是作为企业重点培养的业务骨干，叶长生在湖南市场已经积累了一定的人脉关系，一旦他被调遣到海外，由谁来补缺，谁又有能力补缺？这是领导不得不思考面对的现实经营问题。二是叶长生拖家带口，除了家里老人、爱人莫茹，还有两个孩子，尚且年幼，需要照顾，他能够义无反顾地舍小家为大家远行吗？带着这样的疑虑，领导让叶长生慎重考虑个人实际情况，领导也需要就此衡量一番，然后再做出抉择。

如果说，在这样的人生十字路口跟前，不加思考地做出选择，几乎没有人可以如此行事。同样，叶长生也曾思前想后，辗转反侧，心生顾虑，他怕家里人不同意自己的决定。终于有一天，叶长生憋不住了，他忐忑不安地把自己打算跟随企业去海外发展的决定告诉了自己的爱人莫茹，希望得到她的体谅和理解。原本，叶长生以为莫茹肯定会就这个决定据理力争地和他理论一番。但出乎意料的是，莫茹并没有多说什么，虽然言语中流露出不舍离别之情，但更多的是在安慰他，虽然是海外，但幸好离中国不太遥远，家里的事你就别管了，只管安心工作就行……叶长生听闻后，心里美滋滋的，同时心中满是感慨，因为他知道，只有莫茹最了解他，他是那种很固执、很执着的人，认准的事，别人无法轻易改变他；而莫茹是那种很体贴的人，这么多年来一直都很尊重叶长生的决定。叶长生知道这个家和莫茹是多么地需要他来支撑，一旦莫茹真的表达了不同意见，那么这事很可能就泡汤了，但是这一次，莫茹同意得很彻底，一点也不拖泥带水。叶长生长出了一口气，这事十有八九没问题了，可以和领导汇报沟通了。

很快，叶长生将家里同意他出征海外的意见反馈给领导，领导一开始还有些犹豫、怀疑，毕竟外派叶长生这样的中坚人才需要慎重决定——大海之上的空间虽然广阔，但同时也遍布着大风大浪，不好预料；而国内这个大市场也非常需要叶长生这样的新生中坚力量去不断巩固和壮大。叶长生见领导迟迟不肯同意，逐渐有些焦急起来，就软磨硬泡地和领导请求，表决心，谈业务规划，定指标，为自己立下了军令状……干工作火候到了，就会水到渠成。领导留意到叶长生身在国内，心却已在海外了，而且天天通过各类资料研究几个目标国家的市场情况，很短时间内就熟悉了市场。领导心想，叶长生这个年轻人拦是拦不住了，他初生牛犊不怕虎，有那么股子闯劲，不让他去，那等于是埋没了他——对人才就要循序善诱、因势利导，让他在困难中得到锻炼，这就是对他最大的信任和帮助。索性，领导下达了指令：叶长生入选当期的赴海外人员名单，并要保证完成公司交代的各项任务。

经过一年多的精心准备和外事培训，2015年8月，包括叶长生在内的一批精兵强将，启程奔赴缅甸学习、考察，了解当地的市场情况和风土人情，特别是驻在国农业生产的特殊需求和供应商渠道。那时，正邦集团派出的先遣队，已经和缅方的合作伙伴先期成立了合资公司，共同开展在缅甸的业务，为了不断壮大发展，彼时，正急需从国内调派人才充实到缅甸来。同时，缅甸作为正邦集团拓展海外市场的第一站，还肩负着为其他海外市场提供人才培训的职能。所以，缅甸既是登陆点，也是一个通向蔚蓝深海的跳板，叶长生等人能否顺利地从缅甸滑翔、起飞，完成跳跃，完全取决于自己的努力和付出。

叶长生与
国内企业、机
构调研访问团
合影留念

　　不身处异国，就无法体会到地球上不同角落的人们生活习惯和风俗文化与国内的差异究竟有多么大，叶长生也是如此。他从事销售工作，如果语言不通，就无法和当地农民、经销商客户进行有效沟通，这最令叶长生头疼，仿佛英雄无用武之地，有劲使不出来。尽管踌躇满志，叶长生还是打起百倍的精神，用乐观的情绪纾解自己的郁闷，尽可能地去熟悉异国他乡的一切，做到心知肚明，了然于胸。

　　初来乍到的叶长生和其他同事，在缅甸当地同

叶长生在
田间指导当地
农民生产

事的陪伴和辅导下，快速地走访了当地市场，了解了当地农业生产的发展水平，熟知了缅甸的农产品经销渠道，也了解了当地的风土人情。两个月之后，叶长生这批未来公司海外发展重点培养、依靠的中坚力量，圆满地结束了这次考察与学习，回到国内，略作休整，并等待公司下一步的指令，继续朝着下一个目标进发……

回到国内后，叶长生以为公司会很快派遣他们前往缅甸承担业务职责，但不曾想，在国内待命了一段时间，公司却迟迟没有发布再次出征海外的具体指令，叶长生对此有些着急，他利用这段时间一面总结缅甸市场的情况，并深入构思业务模块和拟订更为可行的缅甸市场发展计划；一面四处打探公司未来的计划与安排。

2015年11月前后，公司的派遣指令终于来了，但出乎叶长生意料的是，他没有被派往缅甸市场，而是去到缅甸的邻国——孟加拉国，开启一段新的从无到有的拓展历程。这对于年轻的叶长生而言，绝对是个挑战，他对孟加拉国几乎一无所知，这也让他感觉一头雾水。叶长生虽然斗志高昂，但说实话，对自己能否真正胜任这样的重任，在一个不熟悉的异国市场完成公司指派的任务，他心里也没有底。但时间和任务安排不允许他畏首畏尾，干事业必须拿出冲劲，拿出排除万难的勇气，才能让梦想落地生根。

尽管公司的安排出乎叶长生的意料之外，但是，他很快冷静下来，仔细考虑着接下来应该干些什么、怎么干？叶长生不解其意，认为这样一来在缅甸市场的考察等于做了无用功，白费了力气，还要重新研究和熟悉孟加拉国市场，为此他打算和领导作进一步沟通，争取能够前往缅甸市场。领导对叶长生提出的疑问早有预料，他安慰叶长生说："小叶，去缅甸只是公司让你们初步熟悉我们在海外市场的业务模式和拓展方向，缅甸以及孟加拉国都算不上是你的终极目标，公司认为你个人的适应能力很强，能很快地融入当地市场，融入当地生活，也有自己的想法，并能很快地进入角色，所以公司才决定让你去和缅甸农业生产条件近似的孟加拉国。"说到这里，领导停顿了一下，端起茶杯，抿了口茶，耐心地继续说："孟加拉国的人口基数很大，这是缅甸市场比不了的，同时人口基数大、市场供给条件差，导致农业生产资料和技术缺口很大，开发潜力也很大。相对于孟加拉国的国土面积，其人口密度是相当大的，这里的粮食资源是相当短缺的，这也使孟加拉国成为世界上比较贫困的国家之一。而我们的价值正是体现在帮助尽可能多的贫困人口解决农业生产存在的供不应求的问题，保障当地人的吃饭问题得到解决。而我们搞现代农业技术的企业有一个原则，就是哪里越贫困，技术越落后，人口越多，我们就要去到哪里，投身于当地。所以，考虑到孟加拉国的条件确实比较艰苦，所以才选中小叶你，和团队一起，发扬艰苦奋斗的精神，去开拓孟加拉国的市场，建立业务渠道。这次任务确实比较艰巨，困难也很突出，但是公司会给你

叶长生（右一）与当地农户合影

提供必要的支持与帮助，相信你可以胜任这样的使命，你说呢？"听到这里，叶长生知道，尽管孟加拉国和缅甸同属于世界上最不发达的国家，但是孟加拉国的任务难度比已经开展起业务的缅甸要高出不少，而公司派自己去条件艰苦的地方，面对新的挑战，说明公司对自己抱有很高的期望，相信自己有能力战胜困难，所以自己必须要迎难而上，攻坚克难。为此，叶长生和领导再次立下了军令状，表达了决心。领导对叶长生积极的工作态度非常满意，相信他可以将孟加拉国的业务发展起来。

在任何艰苦的条件下、任何艰巨的任务面前，都会有排头兵，有迎难而上的勇士，叶长生堪当这样的重任，他知道人生的百转千回都是为了初始的目标和信念，他一定能行！

◎ 背井离乡，扬帆起航，不惧危险，艰苦创业

2015年年末，叶长生和家中的妻儿老小道别，恋恋不舍地迈上了正式出海远航的奋斗之旅，和其他同事一起前往孟加拉国，带着使命去为企业开垦一片广袤无垠的田间处女地。

2014年时，孟加拉国举行了全国大选，但是当

时的执政党和反对党之间就该次大选结果产生了巨大的分歧，由于协商未果，导致执政党和反对党之间的矛盾日益尖锐，社会矛盾被激化、爆发。

在孟加拉国治安恶化的状态下，针对外国人的恐怖袭击事件屡有发生。一时间，在孟加拉国的外国人，包括很多投资者，人心惶恐，无法安心经营。但即使孟加拉国的治安局势如此不稳，安全隐患如此突出，也没能让叶长生胆怯止步，他天生爱冒险，情愿在重重困难中杀出一片天地，也不愿临阵退缩或就此放弃，因此，他从未考虑过回头，这不是他的作风。此间，叶长生的妻子莫茹也多次在电话和微信中给他留言，嘱咐叶长生要多加小心，一定要注意安全，不要贸然独自行动，没有个人安全就没有事业发展和目标实现。叶长生深以为然，同时也深深地挂念着国内的亲人，但心中除了小家，更要有大家——有责任、有集体、有国家——这一切汇集成了他身在海外的使命。

当然，再勇敢的心也无法规避危险的存在。在抵达孟加拉国后不久，叶长生和他的同事便领教了这里的局势多变和险象环生。一次，在孟加拉国分公司成立前，他们前往孟加拉国北部城市朗布尔进行调研和考察。一行人刚下车，便有荷枪实弹的警察从四处围拢过来，簇拥在他们一行人的四周。警察询问叶长生他们是从哪里来的，在孟加拉国做什么？叶长生和同事告诉警察，他们来自中国，到孟加拉国是来做投资生意的。于是，警察严正地告知他们这里的局势十分紧张，要格外小心行事……叶长生和他的同事听闻后，感觉四下里气氛骤然紧张起来，浑身上下的毛孔似乎都张开了。警察说，他们负责专门保护公共场所的外国客商，请叶长生他们予以合作，之后就跟在叶长生和他的同事左右，如影随形。叶长生和同事开玩笑地说，在异国他乡好似享受到了私人保镖一样的特殊待遇。这些警察一直护送叶长生等人抵达另外一个村镇，并提前联系了当地的治安警察接手任务、继续形影不离地保护叶长生一行人之后，才折返回去。就这样，每到一个行政辖区，就会换另外一批警察，接力似的保护他们，直到叶长生等人抵达住所，结束一天的工作。当然，叶长生和同事对这些警察也表达了敬意和感激之情。总体来看，虽然孟加拉国治安局势不稳，但对外国投资者的保护还算比较到位，也比较重视。白天时，包括叶长生在内的外国人只要行走在街头，就会有警察贴身跟随，进行全方位的保护，这些警察全副武装，且非常敬业，这种贴身保护一直到外国人抵达安全的场所为止。晚间，叶长生和同事相互约定好尽量做到不外出，不独自行动，这样可以杜绝夜晚人身安全事件的发生。

叶长生与保护他的孟加拉国警察合影

即使如此，叶长生也未曾考虑过向公司申请回国工作，既然立下军令状，千里迢迢来到孟加拉国，就要顶着方方面面的压力，把工作开展下去，恐怖势力不过是一时逞强，不可能长久。在这样的环境下，叶长生和同事连夜加班加点，很快制定了孟加拉国分公司具体的筹备预案，并报给公司总部核审。

通过反复的实地调研，叶长生和同事得出结论，孟加拉国国土面积和我国安徽省的面积相近，人口总量却有1.6亿，是当之无愧的人口大国，农业内需市场很大；且孟加拉国国土面积中有11万平方公里为耕地面积，耕地面积占到其国土面积约78.6%，虽然人均耕地面积很小，但孟加拉国确确实实是一个农业大国，农业生产量直接关系着1.6亿人民的吃饭问题，关乎国家稳定。同时，在孟加拉国，水稻亩产量为1000斤，和我国亩产水平已经非常接近（1200斤左右），也表明该国非常重视农业生产，采用了精细化生产，最大限度、有效地挖掘了土地的利用价值。但实际当中也存在着很多专业技术问题，比如生产技术和农业设施依然有提升的空间，农用化合物中高效、低毒、低污染环保的生产资料还未普遍推广，他们使用的很多农药都是已经淘汰的产品，使用后的副作用较高，土地和空气环境污染较为严重，这些问题亟待通过有效手段予以解决。

通过前期细致的工作，叶长生和同事们觉得孟加拉国农业市场广阔，发展前景和提升空间适合正邦集团等来自中国的先进农业企业进行投资，且长期、稳定的获利空间较大。于是，便开始着手业务发展的深化工作。他们确定的方向是，充实本地专业人才，加以培训上岗；广泛接洽当地农业生产资料的经销商，建立稳定的销售渠道；引入先进的具有价格优势和技术优势的中国农业产品，吸引市场青睐。而这一切的最终目标就是帮助孟加拉国提高农业生产水平，提高产品质量和产量，改善当地人民的生活水平。

2016年10月，在正邦集团孟加拉国事业部有条不紊地进行着各项工作准备时，习近平主席开始对孟加拉国进行国事访问。孟加拉国是中国在南亚和印度洋地区重要的合作伙伴，在中国积极推进"一带一路"倡议的背景下，习近平主席的此次访问，对于保持中孟高层交往和接触的态势、提升双边关系定位、定调中孟关系未来方向和规划双边合作蓝图，无疑具有重大现实意义。此次最高级别的会面，凝聚了两国在"一带一路"倡议下加强合作的共识，进一步推动了中孟彼此发展战略对接，多个大项目合作落地。中国在南亚推动"一路"与三个"经济走廊"建设，以创新的合作模式探讨中国发展愿景与南亚国家的发展战略的深入对接，希望打造与南亚国家的利益共同体，这与南亚国家的经济社会发展战略高度契合，为包括孟加拉国在内的南亚国家实现经济社会发展目标提供了历史机遇。

2016年，叶长生和同事一行在机场迎接习近平主席访问孟加拉国

　　习近平主席对孟加拉国的成功访问，就像为这个炎热潮湿的南亚国家送来了凉爽的春风，拂面四溢，爽彻心扉，在孟加拉国当地产生了巨大的反响，当地人民高涨的热情与对中国人民的友好再一次给了叶长生和整个正邦集团团队以巨大的信心和鼓舞。他们看到了总书记和国家为他们这些海外创业者指明了方向。尽管恐怖主义阴影依然存在，但是坚定的必胜信念和技术、理念优势，驱动着更多的中国海外创业者，勇于挺身而出，排除万难，不达目的决不罢休，直到实现既定的发展目标，成为

"一带一路"倡议的践行者。

2017年下半年，在孟加拉国政府的不断努力下，孟加拉国的治安局势逐渐好转起来，但是由于当地社会存在贫富差距过大，社会治安问题始终存在，恶性事件时有发生。为此，正邦集团驻孟加拉国分公司及各部门也适时地启动了应急预案，加强防范。比如，在招聘当地员工的时候会进行严格的应聘人员家庭和个人背景调查，以及履职审核，并采用担保就业的机制，由当地第三方人力资源权威机构对应聘者进行履职担保，一旦发生恶性事件，需承担连带赔偿和法律责任；同时公司加强了日常的人员管理，对出入公司的员工进行日常审核和严格管理，尽全力杜绝恶性治安事件的发生。起先，本地员工并不理解正邦集团的这种严密、谨慎的做法，认为这样做势必侵犯个人隐私，限制他们的自由权利，导致本地员工的接受度和配合积极性不高，但是包括叶长生在内的中国员工以身作则，坚决执行公司安保、防范的相关规定，并反复和本地员工沟通，说服他们服从公司要求，向他们强调人身安全和财产安全的重要性，做到内外统一，强化有序管理，逐渐地，本地员工也接受了公司的规定和预防安排，在治安形势严峻常态化的状态下，正邦集团在孟加拉国的内部管理开展得井然有序，全员安全防范意识得到普遍提高，至今未发生恶性事件。

在黑夜里行走的人永远在寻找和等待着曙光出现的那一刻。叶长生和同事终于迎来了黎明，治安局势好转之后，他们加快了推进公司各项事业发展的脚步，作为在海外新创的公司很快驶上了正轨，也取得了有目共睹的成绩。

◎ **与登革热抗争，与当地人民共同"抗疫"**

农业生产的安全关乎所有国家的民生与稳定。从事农业领域的工作必须脚踏实地，深入田垄间，用脚踏实地的实干精神去做事，用汗水去浇灌，才能在可期的日子里结出丰硕的果实。

逐渐地，正邦集团在孟加拉国分公司的筹备工作有了起色，叶长生等人通过网络和经销商渠道找来了孟加拉国当地富有经验的人才，充实进了自身团队，壮大了力量，组建起了一支具有极强战斗力的销售队伍。之后，销售团队很快从几个人发展壮大到几十人。起先，没有物流队伍，叶长生和其他同事就亲力亲为，头顶烈日，四处奔波，为客户配送产品到家，直到物流仓储渠道建立起来，这样的付出才结束；同时，为了打开孟加拉国的市场，他们目标明确地和孟加拉国国内比较有实力的多个经销商建立起了良好的合作意向关系，实现互惠互利；在终端市场上，农业客户不了解中国正邦的产品，叶长生就和同事一起下到田间地头，去一线乡村、田间推广自家的产品，和当地农民唠家常，建立感情，亲自指导他们应该如何正确地使用先进的农产品，提高产量，减少农业生产中的危害和副作用；并且还在各个农业人口集中的地区举办了多场农产品宣传展览，切实有效地扩大了企业的声势……

辛勤付出的汗水和时光从来都不会白白流逝，很快一切工作都逐渐走上了正轨，公司在孟加拉国的发展随即驶入了快车道。经过努力，正邦集团的品牌也逐渐被市场接受，品牌知名度日益放大，销量数字迅速飙升。

就这样，叶长生扎根孟加拉国，一干就是一年多的时间，他对这片辽阔、富饶的土地逐渐产生了浓厚的乡土之情，这种发自内心的深厚情谊让叶长生情不自禁地把孟加拉国当作了自己的又一个故乡，这种感觉是美妙的，也是身在国内的人所无法体会到的。

中孟两国
员工合影

　　彼时，正邦集团高举"一带一路"倡议的旗
帜，开始大举出海拓展兴业，先后在亚洲的缅甸、
孟加拉国、柬埔寨、老挝、巴基斯坦、菲律宾、印
度尼西亚、越南，非洲的埃及、尼日利亚、科特迪
瓦、加纳、肯尼亚，以及南美洲的一些国家开展起
了业务。其间，公司也曾考虑让叶长生去到其他国
家新开拓出来的市场进行发展，成为带队的排头
兵。但是叶长生经过深思熟虑，认为自己还是对东
南亚及南亚国家的市场比较了解，且这块市场发展

滞后，人口基数较大，需求较大，开发潜力亦较大，所以申请继续留在这片他熟悉的土地上，深耕下去。领导经过考虑后，认为叶长生的想法比较合理，农业市场由于地域和气候条件不同，千差万别，熟知一块市场后确实不宜来回调动，于是就继续将叶长生安排在缅甸和孟加拉国市场，委以朝更高目标进发的重任。

天有不测风云，2018年，一场疫情"风暴"突然爆发。这场席卷世界多国的风暴就是从新加坡和泰国首先出现，之后横扫了南亚地区的"登革热"疫情。由于特殊的气候条件，通过蚊虫在人际间传播的病毒扩散得非常快。叶长生等人所在的孟加拉国也未能幸免。由于孟加拉国医疗条件比较落后，人群比较密集，所以登革热这轮"风暴"自登陆孟加拉国后，扩散势头迅猛，并很快席卷全国，治安局势刚刚有所缓和，疫情又闹得社会局势一下子紧张了起来，人人自危。

叶长生所在的孟加拉国分公司几位本地同事相继患上了登革热，暂时离开了工作岗位、住进医院。不久，叶长生也出现了登革热症状，起先是上吐下泻，然后转为发高烧……叶长生开始时对此并未太在意，只是选择服用一些退烧药，期望有所好转。但是叶长生的身体症状未见好转，39度的高烧持续不退，身体越来越虚弱乏力，甚至连行动都开始出现困难了，伴随而来的还有全身起了成片的红疹子。叶长生恍惚间意识到自己可能患上了登革热，同事了解情况后，建议他赶紧去住院治疗，但叶长生像很多中国人一样，对于登革热的了解只停留于风闻，根本没有意识到这种热带传染病的巨大杀伤力——如果得不到及时治疗，通常患病人群的死亡率可以达到15%，高的甚至可以达到30%~40%。叶长生一开始还认为可能是由于气候变化和身体有些劳累导致的感冒发烧，并想继续带病工作，平时酷爱运动的他自信地认为自己抵抗力足够强，挺上几天，吃点感冒退烧药应该就会没事了，但事与愿违，当他意识到光靠自身免疫力已经无法抵御疾病的侵扰时，只好不情愿地前往医院进行检查和治疗，后经医院确诊为登革热，建议及时住院接受治疗。这一住院，叶长生差点经历了人间生死轮回，回过头来看，让人惊出一身冷汗。

治疗登革热一般需要2~3周的时间，由于患者住院时间较长，且孟加拉国本地罹患登革热的病人太多，医疗设施数量有限，导致当地医院人满为患，拥挤不堪，交叉传染时有发生。同时，当时孟加拉国本地医护乃至世界卫生组织，也缺乏非常有效的治疗登革热的药物和方法，罹患登革热的病人住院后，基本上是靠打生理盐水来维持生命体征，靠激活自身免疫系统进行与病毒的持续抗争。所以，叶长生住院后，每天都要不间断地打吊瓶，两个胳膊换着打，光是胳膊上的针眼就有数十个，看着触目惊心。那一阵子，叶长生基本上已处于神志不清的状态，根本无法正常进食，只能反反复复地靠打生理盐水维持生命和身体需要。住院几天后，叶长生的病情恶化得比较厉害，体征衰微，身体一度虚弱到了极点，血小板指标徘徊在最低点，呈现典型的免疫性血小板减少症，随之而来的是随时都有可能出现的包括颅内出血在内的身体出血症状。这种危急的状态一旦持续下去，随时都有可能出现生命危险。为此，医院及时通知了正邦集团孟加拉国分公司，告知他们叶长生有可能会因为登革热导致身体机能衰竭，但并无更好的挽救治疗办法。而叶长生在十余天与病魔抗争的生命历程中，饱受煎熬，忍受着病房中的孤独和来自内心的焦虑，但他始终咬紧牙关，用微弱的意识在内心告诫自己不要放弃，要撑住，要坚持，要重新站起来……

驻当地领导和公司其他同事听闻此消息后，万分焦急，于是就询问国内和孟加拉国当地的医生，紧急请教如何才能使当时的叶长生转危为安。后来，得出的建议是一旦血小板低于下限达到一定的时间，就要通过输血进行抢救，以使血小板指标尽量回升。可是，孟加拉国全国的血库长期储血不足，血库调血程序极为繁琐，无偿用血更是免谈，且血液调配和使用的价格非常昂贵，一般人根本无力承受。这可如何是好？公司内的中国员工忐忑不安，绞尽了脑汁，既缺乏应对这种情况的经验，也想不出更好的办法应对可能发生的紧急情况。他们更不愿、也不忍看到生龙活虎、年纪尚轻的叶长生因为这样的意外离开大家。

不知怎的，当地的华侨群体知道了有位来自中国的年轻小伙子患上了登革热，住进医院，生命体征衰弱，急需输血治疗，于是自发地来到医院。了解了叶长生的血型后，有四五个人自愿留了下来，向医院申请为叶长生免费输血，拯救这位在异国患难的同胞。

也许是孟加拉国华人、华侨心向祖国、齐心协力、无私奉献的精神感动了上天，又或者是海外华人的强大凝聚力和勇气吓退了病毒，转过天来，还未进行输血抢救的叶长生突然有了好转，血小板指数开始奇迹般地回升了。这下子公司里的同事和等候在病房外的华侨们总算松了一口气，每个人的心中都在默默地祈祷着叶长生可以尽快健康起来。

后来，叶长生依靠自己的免疫系统逐渐恢复过来，走出医院，回到了工作岗位上，又像从前一样，朝气蓬勃地投入工作。但对于那段记忆、那段危难的经历，时至今日，仍让叶长生久久难以释怀。此后，每当想起这段往事，叶长生都会激动和感慨：祖国的强大和华人的团结是他们这些在海外奋斗的同胞的最大宽慰，有了这样的坚实后盾，即使碰上再大的困难、再穷凶极恶的敌人也能够战而胜之。

叶长生康复之后，正邦集团孟加拉国分公司意识到，在病魔面前，没有人、没有哪个组织可以置身事外，独善其身，所以全社会必须团结起来，帮助尽可能多的人，一同抵御病毒的侵袭，让安康成为永恒的生命主题。于是，集团很快从国内购置调配了抗疫物资，包括口罩、消毒水、医药护理用品等，并从当地购置了一定数量的粮食和生活用品。物资到位后，全公司的人员被组织起来，搞起了登革热疫情背景下的公益活动，将物资捐献给那些需要帮助的群体和生活困难的家庭，并进行了多次关于登革热预防的科普讲座，宣传预防和救治知识，在当地引起了不小的反响，受到了广泛的热评。

中国企业在海外发展事业，一方面要考虑企业的经营与发展，做好规划和实施；另一方面还要安排好人员的衣食住行，特别是常态化地关注本土职员和外派中国员工的人身安全问题、健康问题，一旦出现纰漏，造成不良影响，也会反过来影响企业的经营与发展。所以，两者是相辅相成的，都要引起足够的重视。此外，通过对国外社会的回馈与公益活动，积极组织或者参与其中，可以更好地赢得当地市场的好感，与当地社会的方方面面建立起更为和谐、良好的社会公共关系，这样也会有利于企业的长久立足与发展，同样不容企业忽视。

◎ 受命前往柬埔寨，拓展业务显身手

柬埔寨，是中国传统的友好邻邦。中国对柬埔寨的投资主要集中在基础设施和农业领域，每年中国都会从柬埔寨进口相当数量的农产品，这其中包括稻谷和大米；香蕉、木薯、橡胶、腰果等。为了扶植和帮助柬埔寨发展稻谷和大米生产，中国不断加大对柬埔寨的农业项目投资，这在一定意义上已

叶长生（右二）与国内企业、机构调研访问团合影留念

经成为保障我国粮食安全的重要一环。

2019年年初，在孟加拉国深耕三年多的叶长生正将各项工作干得风生水起，公司业务也呈蒸蒸日上之势，突然从国内总部发来了一纸调令，"由于柬埔寨分公司领导被调往他国另有任用，现急调叶长生前往柬埔寨，全权负责正邦集团在柬埔寨的业务……"遇到这种事情，搁在一般人身上，肯定会有些想不通——孟加拉国的事业刚刚走上正轨，正是大展宏图出成绩的时候，自己又被另有任用，还得从头开始，于情于理都说不过去。但是叶长生恰恰是个例外，对于他而言，公司哪里需要他，他

就奔赴哪里，以前在国内就是如此，回想当年，他在国内南方市场上纵横驰骋了多个省份，从来不抱怨，不喊累，任劳任怨，结果也总是功夫不负有心人，从来没掉过链子，没有半路放弃过、后悔过。这一次，虽然身处海外，在"一带一路"建设中从一个国家到另一个国家的跨度确实较大，但是凭着他不服输的精神和干劲，这都不算事，工作环境虽有变迁，但是工作的本质和原理却是相同的，关键是叶长生的责任心和对"一带一路"相关事业发展的使命感都不曾更改，初心依旧。叶长生对企业的调派从来不会指手画脚，说三道四，或者是顾虑重重。浪不止，行无尽，乘浪前行，逆流而上，这才是叶长生的性格特征。

叶长生与柬埔寨当地政府官员合影

　　稍后，叶长生将自己即将调往柬埔寨的消息告知了妻子，妻子暗自为他高兴，因为她非常理解，叶长生是家庭和事业内外兼修的、负责任的好男人，所以才会被公司委以

叶长生
（左二）与
柬埔寨当地
农户合影

重任，她深深地为自己的丈夫感到骄傲，为他能够
成为“一带一路”筑梦人而无比自豪。

　　不久，叶长生安排、交接好孟加拉国的业务之
后，马不停蹄地直飞到了工作和生活条件同样艰苦
的柬埔寨，走马上任，肩负起正邦集团在柬埔寨的
发展业务。

当时，柬埔寨分公司刚刚成立一年有余，公司业务收入仅有千万出头，人手也仅有三十来个，一切都亟待提升和发展。面对中国企业

叶长生在正邦集团柬埔寨分公司门前

在海外发展中遇到的问题，叶长生有了在缅甸学习考察的经历，以及在孟加拉国几年的实践积累，对柬埔寨的业务，他经过短暂考察和思索之后，有了一些成熟想法，并着手实施，复制成功的海外发展经验，这也让正邦集团在柬埔寨的业务发展少走了不少弯路，很快进入了高速发展的快车道。

2019年6月，中国农药工业协会在柬埔寨首都金边举行了"第十一届国际农化展览会暨东南亚高峰论坛"，叶长生通过敏锐的市场嗅觉，抓住这次机会，代表正邦集团全面协助和参与了该次展会的

叶长生
（右二）及
正邦集团柬
埔寨员工与
柬埔寨当地
农户合影

组织与安排，并在展会上与参会的柬埔寨当地农作物种植户、经销商进行了广泛的贸易洽谈，大力拓展了企业的销售渠道，传播了"一带一路"倡议的发展初衷和企业的知名度，让正邦集团通过这次难得的舞台走入了当地农民和经销商的视野；同时也为参会的其他中资企业提供了相关投资建议，很多中资企业通过与叶长生的交谈，坚定了来柬发展的决心，同时也对这个三十几岁的年轻人留下了颇为深刻的印象。

2019年11月，中国农业农村部农药检定所（ICAMA）赴柬埔寨签署中柬农药管理技术合作谅解备忘录，这是一个两国官方层面为深化农业发展与交流合作的新举措，而在当地已小有知名度的叶长生和他的柬埔寨团队负责接待了此次视察访谈的工作人员，并协助他们进行了全面的市场调查，带领他们参观了正邦集团柬埔寨分公司和旗下经营的门店，并通过协调与联络完成了当地经销商和种植户开展深入交流的工作。

农业生产，往往会碰到各种类型的、无法预料的天灾，反反复复。"靠天吃饭"成为社会农业生产活动中亘古不变的一种无法掌控的力量。不说人定胜天，叶长生相信随着农业科技的不断发展，运用科学的手段逐年减少天灾造成的农业生产损失是可以做到的。他坚信，在日常中要做好灾害的提前预防，时刻不能放松；在灾害来临时，不要慌乱，

叶长生与中国农药协会访问团一行合影留念

要处变不惊，用有效的手段降低灾害造成的损失。

过去，在一年之中只要粮食长在地里不收割，作物还在地里旺盛地生长，农民即使劳作一天之后躺倒在炕上，很多人也会辗转反侧，难以安睡，因为他们心中一直都在惦记着地里的庄稼苗，"你永远不知道第二天，一下到地里，会看到哪些天灾降临了，哪些虫害肆虐了……"这些都可能让农民付出的辛劳和即将到手的果实，付之东流，泪洒田间地头。

在现代社会，随着科学技术的发展，特别是农业预警防患技术水平的提高和应用，农业生产不再完全靠天吃饭，但是在很多落后的地方，比如柬埔寨，对这种灾害的有效预警和事中应对都还处

叶长生
（右三）与
柬埔寨当地
农户合影

于起步的阶段，农业生产者对其中的道理依然不甚了解。

而作为农业技术人员出身的叶长生却是有备而来。

草地贪夜蛾，一种蛾类，物种起源于美洲，成虫常在夜间活动，喜好在植物叶子上大量产卵，幼虫以植物的新叶子为食，破坏性极强，一只幼虫能破坏一棵植株，而一头蛾可产1000粒卵，繁殖能力极强，迁徙能力亦很强。其幼虫分别以玉米和水稻为主要食草，可大量啃食禾本科如水稻、甘蔗和玉米之类细粒禾谷及菊科、十字花科等多种农作物，造成严重的经济损失，其发育的速度会随着气温的提升而变快，一年可繁衍数代，属于联合国粮农组织全球预警的迁飞性农业重大害虫，被列入世界十大植物害虫"黑名单"。

一直以来，草地贪夜蛾的危害范围在逐渐扩大，至2019年时，这种虫害通过大量繁殖幼虫，不仅肆虐于东南亚等热带地区，还进入了我国的亚热带气候环境地区，引起了我国相关部门的高度重视。身在柬埔寨的叶长生恰好碰上了这次虫灾泛滥，亲身感受到柬埔寨当地农业深受其害，却无从救治。于是紧急和公司总部沟通，与国内的专家进行了研讨和协商，挖掘出自己在孟加拉国时抵御草地贪夜蛾的经验。不久之后，国内专家有了应对方法，并将这种治愈虫害的方法完整地传递给叶长生等人。

叶长生代领柬埔寨分公司深入柬埔寨农村和乡下，亲自将国内传来的防治办法、防治知识和要领，结合自身的经验，普及给柬埔寨当地农户，并紧急调动资源，专门为当地农民研制了专杀该类害虫的农用药剂，免费分发给柬埔寨多地的农民使用。在缺乏有效办法以完全消灭虫害的前提下，控

叶长生和柬埔寨企业员工合影

制住虫害的不良影响，减少减产带来的损失，保证
农业的收成成为当务之急。功夫不负有心人，经过
一番努力，柬埔寨的虫害得到了一定程度的缓解。

"一带一路"倡议的意义之一在于力求使更广
泛的世界多国实现共同发展，共渡难关，共同谱写
美好的未来。在商言商，但在商也可以不止于言
商，还要同沿线各国共促发展，共谋多赢，为各国
人民共谋福祉。沿着"一带一路"出海的企业和承
担出海企业在海外经营发展的员工，既是公司获取
利润与发展的直接承担者，更是联结中国与外部世
界、传递友谊的桥梁和纽带。而以叶长生为代表的
众多的中国海外拓荒者，恰恰是践行伟大使命的实
践者和承载者，他们切实地帮助当地农民百姓提高
生产水平，从方寸土地、一捧粮食的产量中，提高
社会生产力，使涓涓细流汇成大海，成为世界发展
的新趋势。

◎ **尾声：征途漫漫，前景可期**

经历了2019年的虫灾，进入到2020年，一场
席卷整个世界的疫情——新冠肺炎疫情突然爆发，
让所有人始料未及。

这场疫情对于叶长生等特定领域的专业人才而言，无法用自身掌握的科学技术去化解，只能尽可能地行动起来，去帮助他人，同时也是帮助自己，比如柬埔寨公司内部用捐款捐物的形式对柬埔寨人民进行帮助等。同时，由于当地海关为了控制疫情，采取了封关的措施，导致依靠从国内进口农业生产资料在当地市场销售的正邦集团分公司经受了货源供给匮乏的巨大困扰。公司在柬埔寨的业务一下子陷入到前所未有的停滞状态。同时，与他们合作的柬埔寨商户，也受到了较大的不良影响，导致商户资金周转不畅，为此，叶长生和公司商量后，决定主动延长这些商户的账期，以期做到相互理解，相互体谅，共克时艰。

虽然，外部形势变化较大，让叶长生蹙眉深思，想要寻找到出路；但乐观的叶长生同时也看到了更大的机遇，比如国务委员兼外交部长王毅于下半年访问了柬埔寨，双方就加大柬埔寨农产出口中国市场签署了一系列的贸易协定，这对叶长生等焦急期盼形势好转的人而言，无疑是为陷入暂时低迷的海外拓业者们注入了一剂强心剂，也暗示着机会就在前方，而且指日可待。为此，叶长生说服公司继续加大在柬埔寨的投资额，公司也决定投入数亿

叶长生
（右三）和
柬埔寨企业
员工合影

元，打算在柬埔寨设厂，增加当地就业，扩大影响力，做实在柬埔寨的业务发展前景，深耕于此。另外，尽管疫情使很多企业的日常经营举步维艰，但是正邦集团对海外员工采取了停产不停职、不停薪、不降薪的举措，使得整个团队的员工稳定性得到了必要的保证。

这些利好的因素让叶长生长舒一口气。回想当年离开妻子和孩子，肩负着企业发展的使命，远渡重洋来到海外，叶长生踌躇满志，前路未知。但时至今日，经过一路打拼，他庆幸自己丝毫没有偏离

"一带一路"这条伟大的复兴之路，也没有辜负企业的重托。

海阔凭鱼跃，天高任鸟飞。"一带一路"为新时代的年轻人、新生力量揭示出了未来；为新一代年轻人提供了前所未有的、宽广无边的人生舞台。而以叶长生为典型的中国新生力量正随着祖国的发展而崛起，承担起了越来越大的使命和责任，并通过自身的努力令这个时代变得光芒夺目！

向孟加拉国人民捐赠物资

书山有路勤为径，
跨海创业苦做舟

——刘书山赞比亚十年耕耘

导语

在我国大西北边陲省份——新疆维吾尔自治区，有这样一家实力强悍的集团化企业，那就是成立于20世纪80年代末期的特变电工股份有限公司（下文简称"特变电工"）。大多数生活于中东部省份的人们对这家企业可能都比较陌生，但就是这样一家位于偏远一隅、日常不被大家关注和熟知的企业，却迎着改革开放的春风，默默地开足了马力，日复一日地驶入了发展的快车道，着实令人称奇。

由于先天具有靠近中亚的独特地理位置优势，特变电工趁着东部企业还在发力满足内需的时候，已然凭借着敏锐的市场直觉，悄悄地踏出了国门，开始了在中亚国家的投资发展。而后，当"一带一路"

倡议开始让越来越多的民营企业意识到这是个发展契机的时候，特变电工已经进入了非洲和南美等更为遥远的海外市场。

在这家企业中，有这样一个人物——刘书山，一个睿智、干练的"80后"，拥有着北京人与生俱来的热忱、爱聊的特质，去到西北地区后，他又赋予了自身西北人果敢、耿直和倔强的气质，刘书山曾作为外语类高材生，就读于北京外国语大学，获得英语文学学士和外交法学学士双学位，堪称一代青年中的"学霸"。

毕业当年，具有外语（英语）优势的刘书山加入了特变电工股份有限公司的子公司——特变电工进出口公司，并一直在这家外贸型公司履职。2010年1月，刘书山被派往非洲国家赞比亚工作，这一干就是十年，适逢"一带一路"的缕缕东风向西劲吹，刘书山用自己踏实、实干的行动践行在中非友好与共赢、发展之路上！

特变电工
官网上展示的
非洲青年形象

◎ 只为找寻"明月"，"北京才子"远赴昌吉

　　作为"80后"的刘书山生于北京、长于北京，就连上大学都没有离开过北京——就读于"北京外国语大学"。大学期间，勤于读书、乐于钻研的刘书山一口气拿下了北京外国语大学的双学位，让身边的同龄人啧啧称奇。"天道酬勤"不会假，他付出的努力绝非一般人所能想到，刘书山用自己的青春和旺盛的精力不断挑战自己，他相信自己能够做得更出色。

　　2008年，北京奥运会盛事如期举办。期间，天生阳光、乐观，乐于助人，喜欢交往，热衷社会实践的刘书山也没有一门心思地闷头苦读，而是成为一名身着蓝色祥云运动套装、响当当的奥运志愿服务者，忙里忙外地奔波于各个赛场之间，担当着国家和人民赋予的使命，承托着时代孕育的难得机遇所带来的荣光，发挥着他的外语专业优势，为从世界各地远道而来的奥运会和残奥会运动员提供沟通、交流服务。赛后，刘书山荣膺两项赛会的"优秀志愿者"称誉，为自己在那个时代的矫健身姿涂上了一抹亮丽的蓝色印记。

学校的时光总是短暂而美好的，四年的大学时光一晃而过，刘书山无愧自己的校园人生，但和众多学子一样，即将走出校门的他并不能知晓未来，也有些茫然不解。但他坚信更大的人生使命和挑战还在后面，他对自己抱有充足的自信心，怎能浪费时光在犹豫和踯躅上！

命运的巧合总是不期而至。刘书山大学毕业的那一年，总部远在天山北麓昌吉的特变电工集团，远道前往全国多地高校，广纳人才——招聘应届生加盟企业，共谋发展大计。得到消息后，刘书山不知怎地，被这家企业深深地吸引了。他并未过多思考，便选择了应招特变电工的职位，选择了离开家乡外出闯荡的漫漫人生之路，去"苍茫云海间"找寻自己心中的那轮"明月"。

作为家里宠爱的独苗，刘书山的抉择也受到家人的一致阻拦和反对，"这么优越的个人条件，留在北京岂不是更有发展，为何偏偏要去遥远的新疆，难道偌大的首都北京就没有作为高材生的你的容身之地吗？"刘书山的选择不被他人理解，放在当时的特定环境下，也很难被他人所接受。这种亲情间激烈的碰撞实属外人难以想象。搁在很多立场不坚定、不谙世事的年轻人身上，他们也许会就此放弃，另谋出路。但是，刘书山倔强、执着，认死理，这和西北人的某些性格多少有些类似，也许就是这种相似的性格特征无形中召唤着他，驱使他愈发坚定了自己的决心——有胆识、有魄力、有毅力，是金子在哪儿都一样闪光，年轻人无论在哪儿都要有创业的勇气和精气神，况且特变电工是全球最大的输变电供应商，这样的平台可遇不可求，人生里这样的机遇或许只有一次，不抓住，就会遗憾终身。

刘书山想得很明白，别看他只是个初出茅庐、刚刚步入社会的年轻人，但是睿智的头脑、清晰的思路，让他具有不一般的定力和韧劲。

就这样，刘书山怀揣着梦想和激情，附带着家人、朋友对他的不解与质疑，踏上了前往新疆昌吉的崭新的人生旅途，打算拿出敢为人先的勇气，用自己的行动去支援新疆自治区的建设和发展。

彼时，特变电工已经制定好了初步的企业海外发展规划——"为'一带一路'沿线国家送去光明"，并开始着手实施，所以急需来自全国各地的具有外语优势的新型人才加入进来。刘书山眼光果然独到，特变电工这家企业的远志宏图即将开启，受到时代的召唤，他来得恰逢其时，企业不仅为刘书山这样的年轻人才提供了堪比东、南部地区大型企业的良好待遇，更为他们提供了愈加广阔的人生奋斗舞台；企业积累而来的雄厚专业实力更是令刘书山兴奋不已，内心渐渐涌起自豪之情。这也从另外一个侧面印证了特变电工这家企业迎来日后的高速发展实属情理之中的事。

初入企业的年轻人，最先需要完成的企业交代的任务就是通过实战再学习，以掌握企业涉及领域内的专业知识，这是一种挑战，也是一种考核。这对刘书山而言不遑多论，他是学习上的高手、能手。进了企业之后，他住在特变电工提供的宿舍里，每天挑灯夜读电力行业相关的专业资料和书籍，渐渐地熟知了企业的经营范畴和具体内容，了解了行业的发展动向，并用心去体会企业文化的精髓与独到，跟随着企业发展规划的脉络一起前行。没过多久，刘书山就熟悉了企业方方面面的业务内容，并开始为企业开展电力产品的外贸输出承担相关的工作。

每一段不虚度、充实的历程，都会孕育出未来的成长机遇，人才是为机遇而来的。一个人在新的环境下艰苦学习是如此；一个企业引进人才充实实力也不会白白投入。时至今日，在特变电工企业内部拥有着大量来自全国各地的优秀人才；并且，企业的人才储备库每年都会得到更新。可见，企业成长离不开人才，特变电工的思路清晰可辨。也正因为如此——新鲜血液不断注入企业，让企业插上了腾飞的翅膀，渐渐羽翼丰满，飞翔在"一带一路"惠及之地。

如果说，专业实力是企业发展的基石；创新能力是企业加速发展的推动力；那么，人才就是企业实现"一带一路"海外发展的生力军。拥有了人才储备和培养的基本前提，企业出海发展才会愈发顺畅，发展之路才会实现厚积薄发、掷地有声、不虚此行！

初到非
洲，朝气蓬
勃、意气风
发的刘书山

◎ 身兼数职，"有心人"无惧"难事"

2008年下半年的一天，刚入职特变电工不久的刘书山听说，集团打算派出先遣团队前往非洲开拓电力业务，首站是投资环境比较好的赞比亚。而他所就职的进出口公司也将派人和集团其他部门的人员组成业务开拓小组，一道同行，扎根非洲。为什么选择非洲，选择赞比亚？实际上，由于发展水平的问题，非洲电力供应一直严重不足，曾有人说过，"在非洲，有一种无奈，叫隔三差五就停电"；而在赞比亚目前只有25%的城市人口和3%

的农村人口用上了电,电力短缺的现状大大地制约了赞比亚的经济与社会发展,所以改善的需求迫在眉睫。当然,在赞比亚开展电力建设也具有两大鲜明的优势,一是该国在南部非洲属于最为稳定、治安最好的国家;二是该国的水资源非常丰富(在非洲名列前茅),水利发电的潜力巨大,且赞比亚政府对提高水电和火电的发电量较为看重。

机敏的刘书山很快地上网查询了赞比亚的情况——他要为争取这次机会做好一切准备。他发现赞比亚的官方语言是英语,这使他深信自己具有英语专业的优势,在赞比亚,进行人际沟通和交流应该易如反掌,这对自己绝对是一次很好的机会——迈上人生的新台阶不可能依靠别人把你抬上去,而要靠自己主动迈出坚实的步伐。他笃定了信念,打算远渡重洋,离开昌吉,离开祖国,去更加遥远、未知的赞比亚闯一闯。

就这样,他就和直属领导——特变电工进出口公司总经理李边区进行了一番沟通,申请前往赞比亚。李边区经过审慎考虑,认为刘书山个人的业务潜力、成长空间很大,他具有语言上的优势,是进出口公司做外贸的好苗子,而且当时他还没有成家,只身一人远赴非洲不会有太多顾虑。就这样,李边区和其他领导经过快速商议后，就这么拍了板，计划让刘书山跟随企业的先遣队一道赶赴非洲。同时李边区也和年轻的刘书山交代，去非洲可以，但前提是做好面对遇到种种不可预知困难的心理准备。由于距离遥远，很多时候企业和领导鞭长莫及，很多问题需要刘书山依靠个人的能力、勇气和信心去面对，乃至化解。

刘书山心高气盛，势在必得，虽说他还很年轻，涉世不深，但是他的思维超越了同龄人，表现出来就是对于工作中碰到的问题往往考虑得很周到、细致，绝不含糊或有畏难情绪。所以，对于李边区提示给他的未知困难，他早已有所考量，认为：工作不就是解决一个一个困难和问题的、周而复始的过程吗，没有困难，一帆风顺的不叫工作，那是度假。他天生乐观开朗、不惧艰难的性格占据了上风，所以在这样可能令很多人踌躇不前、犹豫不决的时刻，他却义无反顾，早早地就收拾好了行囊，激动、兴奋之情溢于言表，他打算出征了。

赞比亚共和国是位于非洲中南部的一个内陆国家，也是一个发展中国家，被称为"铜矿之国"。

2008年年底，刘书山跟随特变电工集团组成的海外业务先遣队一起空降到遥远的赞比亚。临出发时，领导和他开玩笑说："公司就像是一棵蒲公英，走到哪里就在哪里播撒一粒种子，你就是其中的一粒'空降兵'。"刘书山胸有成竹，谨记企业外派"空降兵"的职责和使命。

彼时，经过2008年全球金融危机，赞比亚的经济形势前景依然不明朗，财政紧缩成为这个国家拯救经济、恢复发展的一大手段。这对投资一方而言是非常不利的，因为货币紧缩不利于社会投资的释放，整个社会经济有可能趋向于保守、求稳。

刘书山在向企业总部汇报赞比亚投资情况

就是在这样不利投资的社会环境下，作为特变电工集团内部外贸业务部门的代表，刘书山带着一种积极乐观的心态出发了。其他同行人员多为企业

内的电工技术人员，所以他要一个人承担建立销售网络，和当地政府沟通、报价、拟订合同、谈判，以及和当地市场上的商人洽谈贸易往来等细节问题。看起来，刘书山将要面对的各种工作比较烦杂，难以归类，除了事务性的、公关性质的、日常沟通联络的工作外，还要涉及技术方面的细节问题，绝对不能被赞比亚客户的问题难倒，这对于年轻的刘书山而言，确实充满了刺激与挑战，而且绝不能半路上掉了链子。

不过好在，看似形单影只、一人出战的刘书山细心发现，其实专业的老师就在自己身旁，"三人行必有我师"，刘书山环顾四周的同事，发现身边的技术人员何止三个人呢，那些集团其他技术部门的同事个个都是技术能手、精兵强将，且经验丰富，处理赞比亚当地的电力技术难题不在话下。这些同事对于刘书山开展贸易业务所涉及的技术问题驾轻就熟，心有成竹。再加上，当时书生气十足的刘书山天生勤学好问，大家都很认可刘书山的学习精神，没用多久，涉及电力贸易这块的专业问题在同事的帮助下，都被他吃了个透，解决掉了。渐渐地，刘书山的心里有了底气，在遇到对方提出的专业问题时，他也不再含糊，一切了然于胸，从而也获得了赞比亚相关人士的连连称赞，认为刘书山是一个可靠、务实、知识渊博、经验丰富、值得信赖的合作伙伴代表。

当然，刘书山能如此快地进入角色，精通和掌握深奥的专业知识及赞比亚的特殊情况，还和一点有关系，那就是他具有英语交流上的先天优势，境外沟通完全无障碍。所以，到了赞比亚之后，他的另一个角色就是充当中赞合作双方日常交流时的翻译，除了口译，还包括笔译——这也是在国内时，领导和他亲口交代好的任务，刘书山责无旁贷。

特变电工那些前往非洲的技术人员每次和赞比亚一方的人员开会或者进行日常沟通交流，都需要带上刘书山，让他充当翻译，由此，刘书山表面上看似只是一个传递沟通信息的翻译，实际上技术人员之间交流、往来沟通的专业内容经过他的耳朵，都被他吸收进了自己的脑子里，变成了他自己的专业知识，牢记于心。好记性不如烂笔头，为了更快、更准确地记住听来的知识点，他专门准备了一个小巧的笔记本，随身携带。每当中赞双方沟通之后，他就会把听到的专业知识点和相关信息，及时地记录在那个笔记本上，然后时不时拿出来翻看一下。遇到不解的专业问题，他先是通过查阅资料寻

求详解，如果得不到清晰的答案，就去咨询技术人员。真是世上无难事只怕有心人。一个人对专业问题不精通不要紧，他随时可以从零开始，只要找到学习的方法和技巧，就没有什么学不会的。

当然，从国内带来的中文资料、项目和技术情况介绍及说明、沟通函……也都会经过刘书山的手，被翻译成英文，之后才呈给赞比亚一方浏览、审阅、讨论。而相对于口译，笔译的精细化程度、表达的准确度对刘书山而言更是一种挑战，特别是对于合同的翻译，必须要做到表达上的准确无误，不容含糊。每天深更半夜，刘书山都会挑灯夜战，将那些之后需要递交给赞比亚人员的文件和资料细细琢磨、反复修改、润色词句，从而完成笔译的工作，以保证准确无误，不会出现南辕北辙、词不达意的情况。在这样的过程中，他把书面资料中的专业知识也吸收进来，变成了自己的专业知识，而且这些知识完全是实用化的，带有丰富经验性质的，和书中读到的那些理论知识完全不同。

如此学习和提高，怎会进步不快！腹有诗书气自华，饱尝专业知识的刘书山简直实现了脱胎换骨，一跃成了专业知识和技术的行家里手。

回想当年，刘书山超常地完成了双学位的学业，但不曾想，步入职场不久，他通过自我学习，又成了精通电工专业的行家。"有心人"万事无惧，学习是最好的执行力，在困难面前，用自我学习攻坚克难，成为一种放之四海而皆准的真理。

说到这里，不要忘记了，刘书山可是双学士，除了英语专业，他还是外交法学人才，对法律方面的常识和实务也有着专业的积淀和见地。而在企业进行对外贸易的过程中，法律事务更是不可忽略的"双刃剑"，处理好中外贸易交往中双方的法律事务或贸易纠纷，可以让企业在海外的发展顺风顺水，一路畅行；处理不好，则会导致企业要么不断地向驻在国"交学费"，落入异国法律或商人的陷阱，甚至会损失惨重，铩羽而归，得不偿失。值得特变电工这家企业庆幸的是，企业员工能解决的问题，那就不算问题，刘书山恰好就是这样一个能为企业解决难题的员工。他利用工作之余，除了帮助其他同事进行笔译之外，还找来了赞比亚外贸法规相关的书籍和资料，进行详细阅读，了解当地的法律规范和要求。这使得，刚刚出海的特变电工在没有聘用当地法律顾问之前，依靠刘书山的专业支持，小心谨慎地前行，从未与赞比亚合作方发生过严重的法律纠纷，保证了企业在赞比亚及非洲的事业可以顺利地展开。

时势造英雄，如果当初刘书山没有选择别离祖国，只身奔赴赞比亚，那么拥有语言优势的他就不可能在异国如鱼得水，开展一番令人艳羡的事业历程。所以，一个人要想拥抱成功，必须要对自己未来身在何方做出明智的选择。刘书山做到了，他的举动也证明中国有足够的人才积累去践行"一带一路"倡议，让更多企业走向国际，让那些国际化的新型人才为自己创造舞台，并在舞台上尽情地绽放出娇艳的花朵，舞动世界。

◎ 大胆尝试，敢于担当，走创新发展之路

按照正常模式，企业发展海外投资事业，通常从三个方面，依照递进的逻辑关系入手：一是产品输出；二是技术输出；三是管理模式输出。单纯的产品输出立竿见影，能为企业赚取大量外汇；而技术输出前期投入大，耗时长，效果难以预料（也不乏技术输出后，合作方随即终止合作的案例）；管理输出更是得基于前两者，但却可以获得长远利益。所以，对于相对落后地区，先进地区的企业往往更愿意采用产品输出的简单模式，这样可以保证自己长期具有技术领先优势，使发展滞后的地区对发达地区的产品/技术形成进口依赖。

但"一带一路"倡议的出发点显然不在于此，因为"一带一路"倡议不仅提倡产品输出，更要输出具有适宜性的技术和管理经验、模式，要把三者兼顾起来——让"产品—技术—管理"形成递进输出的关系。而这样的出发点是基于通过构建经济发展的"一带一路"，最终要形成一种文化、理念上的"一带一路"——这种文化的核心价值就是要追求普世的共赢与和谐、多元发展，要使"一带一路"成为汇聚世界多元文化和交往的真正纽带。而

文化上的共赢，反过来必然也离不开社会发展，以及技术和管理水平的促进与提高。

对于从事电力设施基建和深度发展的特变电工而言，输出产品太容易了，拿来国内成型的电力中高端制造设备直接卖给非洲国家，进而拿回外汇就可以了。对于这种做法，特变电工自身产品的实力绝对毋庸置疑，例如，他们曾成功地研制出世界首个特高压柔性直流输电换流阀，开启了直流输电的新时代；曾研制的高压电缆附件，打破了我国高压电缆附件长期依赖进口的局面……这些都表明，特变电工生产的产品在世界范围内都处于领先水平，是具有市场吸引力的。而领先的产品在世界范围的市场上，往往是潜在需求最大的。所以，在一段周期内，特变电工完全可以采用这样的产品输出模

刘书山和
非洲儿童在一起

式，坐收盈利。

但是光依靠输出中高端制造业产品，并不具有长远的合作前景。把自己的技术拿来因地制宜地应用到急需帮助的国家，并帮助对方做好长期的经营与管理才能实现长久的合作，这一点已经成为越来越来出海创业者的共识。

身处特变电工高端制造产品输出部门的刘书山，乍看上去承担的是输出产品的工作，说白了就是名销售，即在赞比亚进行电力设施改造、更新、提升的过程中，将特变电工成型的电力配套产品销往当地，解决上述问题即可——一锤子买卖而已。但是，刘书山并不这么认为，"外贸生意既是做出来的，也是教出来的"。做，代表着你要按期、保质、保量地履行合同，要用执行力去推进合作向前发展；教，暗示你要把应用新设备、新技术的技巧和知识教给对方，并教会他们如何去管理和运营这套系统。这就像居民通过销售人员买了家用电器，之后，厂家的售后部门要提供各种售后维保服务，进而形成客户从购买到使用的一条龙服务，乃至以后再次选购、使用的一个闭环。所以，刘书山按照这个思路，调整了最初的想法，提高了对自己的目标要求，将在外君命有所不受，他要成为特变电工产品和服务在赞比亚市场上的龙头，打造一个闭环式的服务模式，而不仅仅是去完成出国前，领导交给他的销售任务那么简单。他要让赞比亚的市场彻底地为中国企业的专业技术水平与敬业精神所折服，让"一带一路"倡议不仅要深深扎根于赞比亚，还要不断地在非洲大地上遍地开花、结果。

由此出发，刘书山的规划日渐明朗地浮出水面。当初，刚来赞比亚的刘书山，经过刻骨地学习和锻炼，熟悉了当地市场，从最开始的只身一人闯天涯，到后来发展壮大了销售队伍，不再是单枪匹马了，他的角色逐渐地转变成为公司业务的召集者、开拓者和管理者。"时代发展了，卖硬件从长期来看难以为继"，刘书山要带头成为推广中国电力应用技术和管理解决方案的排头兵。

后来，对于特变电工自家的产品，刘书山已经全面掌握了，而且对于赞比亚市场的潜力和需求，他经过一段时间的踩点和调研、摸底，也悉数掌握。但是这还远远不够，做好售后，成为电力服务方案解决问题的供应商，需要的是管理、金融、经济等更高领域内的视角，才能支撑他所主导的区域业务不断发展。

刘书山啊刘书山，不愧于"书山"这个名字，天生嗜书如命的他，拥有着极强的自我学习能力。说到这里，有个生活上的细节，刘书山个人爱好很多，但是你要是问他最大的爱好是什么？他会毫不犹豫地说是读书。你要是让他描述一下怎么算是喜欢读书？他会告诉你经常泡书店。没错，刘书山在国内时，学习、工作之余喜欢泡在书店或者图书馆里，大量地阅览书籍。你要问他最喜欢的地方是哪里？他肯定不会说什么知名景点、海边都市……而是某某书店，或者是哪个图书馆。读书这个好习惯终将使他受益一生。

来到赞比亚之后，刘书山也曾前往赞比亚国家图书馆去参观、查阅当地资料，成了那里的常客。这使得他掌握的资料往往比别人多，也正是基于这样的优势，在和赞比亚地方政府、负责人、商人交流、沟通的过程中，他通过查阅资料获得的信息往往能够脱口而出，有理有据，让事实胜于雄辩，这使得赞比亚当地人士对刘书山的印象颇深，自愧不如，认为来了赞比亚没多久的他简直就是一个"赞比亚通"。

虽然是中国企业的代表，但刘书山却能换一种视角，站在赞比亚社会发展的现实基础上，提出可行的电力发展建议，这也为他赢得了当地合作方的信赖与赞誉！

电力工程采购项目的合同金额往往高达数亿美元，而结交客户、进行公关、培育项目，直至项目签约往往需要不断地付出和努力，不能松懈，这个周期往往需要若干年的时间。有很多海外项目都是无疾而终，不了了之，让很多投资者沮丧。所以，从事电力设备销售的人员必须耐得住寂寞，就像钓鱼和登山一样，必须做到坚忍不拔，始终要精神百倍、精力集中、不轻言弃。

从2008年来到赞比亚，直到2012年年初，用了将近三年的时间，刘书山一步一步、稳扎稳打，边摸索、边尝试；一边学习、一边干，总部反复提醒他，不能出现丝毫的差错。刘书山从线路勘查到图纸审核，从免税文件办理到项目预付款的催收，从项目货物款和进度款的收回到整体项目工程范围变更和最终确定价格，从进口货物到当地清关、运送，再到承担赞比亚分公司的财务、审计，他都是亲力亲为，从不推诿或借机延误。

2012年上半年，中赞双方签约金额高达3.67亿美元的赞比亚330kV Pensulo-Msoro-Chipata West和Pensulo-Kasama项目终于落地生根，该项目输电线路长达685千米，项目业主为赞比亚电力供应公

刘书山代表特变电工捐赠物资

司（Zesco）。这也是特变电工在赞比亚的第一个EPC总承包项目。耗时三年才有了结果，刘书山兢兢业业的努力终于花熟蒂落，这块持续了数年的硬骨头终于被啃下来了。这个项目的建成将为当地带来3000个直接或间接的就业机会，也将大大改善赞比亚北方省、穆钦加省、卢阿普拉省以及东方省的供电状况，并将增加对肯尼亚、坦桑尼亚、马拉维等国的供电。而且，在这个项目的规划中，也结合了我国目前的能源开发趋势，强调项目实施企业承担和履行社会责任，注重环境保护，强调可持续项目发展。

　　鉴于上述项目的成功签约，刘书山作为进出口公司派驻赞比亚的功臣，在年中时被公司任命为进出口公司驻赞比亚办事处主任，全权负责和赞比亚合作方的对接事宜、业务事宜。刘书山的付出为自己迎来了认可，天道酬勤一点不假。

　　2012年7月，项目开工仪式在赞比亚北方省首府卡萨马隆重举行，赞比亚矿业、能源和水利部长亚卢马，北方省、卢阿普拉省等省份的省长，有关部委常秘、当地酋长及群众等700多人共同参加了此次仪式；中国驻赞比亚大使周欲晓应邀出席仪式并发表了讲话。进出口公司的领导李边区也从国内赶来，见证了这一时刻。仪式后，李边区意味深长地对刘书山说："书山啊，你的工作确实卓有成效，当初我没有看错，你是个好苗子。接下来，你

刘书山代表特变电工捐赠物资

要加快进度，加大业务开发力度，争取让特变电工的进出口业务站稳赞比亚市场，公司对你非常信任，但是期望值也比较高……"

首战告捷后，刘书山并未松懈，更未自满、居功自傲，他知道自己还很年轻，和未来比起来，今日的成绩或许只是涓涓细流，无以成河。自己要朝前看，前路漫漫，要敢为人先，沿着"一带一路"倡议指明的方向不断前进！他抓紧一切时间，着手实施、推进项目的落地执行。在他的业务闭环思维中，合同签约只是刚刚开始；而第一个项目的结果如何，对方评价如何，将直接影响着后面的项目能否顺利进行。

在海外，一个人艰苦奋斗是为了一群人的计划、一个组织的目标、一个国家的梦想去拼搏，工作状态如何，全凭自觉性，没有人在身边监督你，盯着你，你必须要靠自觉性自我管理好自己，不计较付出和回报。

一直以来，刘书山就住在项目边上的简易房宿舍里，但大多数时间他都会待在简易的办公室里，不分昼夜，常常挑灯夜战，阅读资料和书籍，完成手头上的工作，思考下一步的工作如何推进。

赞比亚和中国的时差有6个小时，每当赞比亚晨光泛起、旭日初升的时候，国内已至下午时分。但身在海外，时差不能成为无法沟通工作的借口，即使确是一种障碍，也要越过去，克服它。刘书山需要经常性地和国内的领导、同事进行项目沟通汇报，网络会议犹如家常便饭。身在国内的同事不能因为他一个人而让工作停滞不前。多数时候，为了照顾国内同事的日常工作习惯和安排，刘书山都选择在前半夜准备资料，然后趴在桌上小憩一会儿，定好闹钟，至半夜时分，闹钟响起，他再打起精神，快速地洗上一把脸，然后转身坐在电脑桌前，开始和国内的同事进行高效的视频会议。这样的汇报与讨论沟通会议一开起来，用时少则一两个小时，多则三四个小时才能讨论出结果。很多时候，当会议结束时，国内的同事已经准备结束一天的辛苦工作，心情轻松地回家了；而赞比亚这边的天则已经完全放亮了，刘书山就再洗把脸，啃上两块面包，和赞比亚工程人员一道，又开始了一天的工作。

2012年，在赞比亚电力公司项目签约后，特变电工决定加大在赞比亚的业务投入，并设立赞比亚业务代表处、办事处，刘书山当之无愧地被领导任命为办事处主任。后来，公司陆续从国内调派了一些人员前往赞比亚，让刘书山不再是单打独斗，开始承担为赞比亚公司培养人才、打造团队的又一个长远任务。

刘书山代表特变电工在项目竣工现场接受采访

2015年12月，国内已经进入腊月隆冬时节，人们在忙碌了一年之后的喜庆气氛中，纷纷忙着置办年货。但是在遥远的赞比亚，却是烈日当空照，炎热依旧，特变电工项目的工地上更是热火朝天，一片喜气洋洋的热烈氛围已经降临。因为，在这个特殊的月份里，特变电工与赞比亚电力公司（国营）于2012年签订的输变电项目正式完成了带电运行，并取得了成功。为此，该项目举行了竣工仪式。仪式上，赞比亚总统、比亚能源部副部长、赞比亚北方省省长、当地酋长，以及赞比亚电力公司总裁等人都出席了竣工典礼。赞比亚举国上下欢呼雀跃，民声高涨，国家凝聚力得到显著提高。

对于身在国内的人而言，可能体会不到这件事的意义和深远影响。但是如果用数字——"该电网将直接惠及440万赞比亚人民"来表示，很多人也许就能感受到这个项目的非同寻常。对于项目的顺利完工，赞比亚总统埃德加·伦古曾高度评价道："该项目的建成将大大缓解赞比亚北方省、穆钦加省、卢阿普拉省、东方省四个省份的电力短缺的现状，让当地人民都用上了可靠而稳定的电力。感谢中国政府的支持，感谢我们的朋友——特变电工！"

这样的感谢胜过千言万语，货真价实。和刘书山一样的年轻海外创业者对此倍感欣慰，他们的努力付出不会白白流逝，一切终将赢来回报与肯定。

如果没有"一带一路"的契机，刘书山怎会结缘非洲；如果没有中国民营企业的快速响应和果断行动，刘书山怎会有机会涉足遥远的赞比亚；如果没有"一带一路"指明的奋斗方向，刘书山又怎会在人生中走出这么一段海外创业的辛劳历程！

"一带一路"是伟大的倡议，是世界多国人民的福祉！中国企业和中国企业的员工正在这条伟大的道路上义无反顾地勇往直前，书写着属于自己的时代诗篇！

◎ 春风化雨，润物无声，细微之处见精神

"一带一路"能够受到沿线各个国家政府和人民的积极响应与热烈欢迎，主要在于它的主旨是共赢发展，这种高瞻远瞩的出发点，使得中国企业去到海外创业，不是简单地输出商品和技术，换回真金白银，而是要切实地扎根在"一带一路"沿线国家，从所在国的出发点去考虑经济效益和社会效益，两方面都要赢。这样，才能造福人类，造福全社会，形成人类命运共同体。

在赞比亚的十余年间，刘书山一方面考虑为特变电工的事业努力奋斗，殚精竭虑，不辞辛劳；另一方面，他作为一个来自遥远东方的友人，竟在不知不觉中爱上了这片土地。如果说祖国母亲无私地养育了他，使他成为一个学习渊博、积极进取的社会中流；那么，赞比亚就是他真正成长的地方，是他经受磨砺和锻炼的地方，更是他深深扎根的地方……

所以，随着第一个项目完成后，在刘书山和特

变电工其他员工的共同努力下，特变电工在赞比亚又上马了若干个重大的电力工程项目，事业、财富似乎迎来了双丰收。

但是，刘书山对这些早就习以为常。他觉得赞比亚的人民很淳朴，很友好，有时做起事来也爱较真。刘书山觉得非洲有这样勤劳和努力工作的人民，没有理由不发展起来。在"一带一路"倡议的带动下，非洲也必然会迎来日新月异的改变。

每当一个人静下来的时候，他会坐在办公室外面的窗子下，在暖暖的阳光照射下，眺望着不远处的草坪，看着非洲孩子在草坪上快乐地踢着足球，女人们在轻松、兴致高昂地聊着天，这一切多么祥和、美妙，他已经深深地恋上了这片土地。

2010年春节前，刘书山刚刚从赞比亚回到国内不久，汇报完工作，正准备坐飞机回到北京，和父母、亲人过个团圆年，却意外地接到了公司领导的电话通知，让他即刻返回非洲，处理一些工作。刘书山起初有些不忍离别，但容不得多虑——一定是公司又有重要的工作安排。他立即改签了回北京的机票，并给家里打了一通电话，表明了原因和深深的歉意。期盼他回来的父母，没有多说什么，只是对他表示理解和支持，希望他自己保重好身体，照顾好自己。撂下电话的刘书山，环顾四周，内心充满着不舍之情，眼中的热泪慢慢沁出……

说干就干，说走就走，绝不含糊。

原来，特变电工当时已在非洲"动物王国"肯尼亚开展了新的事业，而对非洲已经熟门熟路的刘书山的这趟春节之旅，是要作为地接（兼翻译），陪同两位特变电工合作方的技术专家，去肯尼亚考察和洽谈项目，了解当地电力情况。这一趟下来，怎么也得十天半个月，这意味着2010年的春节，刘书山将在万里之外独自过年。工作行程结束后，刘书山顺利陪同两位专家完成了工作事宜，并亲自送两位专家登上了回国的航班。而他，只身一人返回了赞比亚。

就是以这种生活和工作不分彼此的"超燃"状态，刘书山坚守在赞比亚的土地上，燃起了中国年轻人干事业的热情。许多个中国传统佳节，他都跳不出"每逢佳节倍思亲"的情感困惑，却只能独守在岗位上、宿舍里，以苦为乐，与孤独为伴——刘书山曾一个人在赞比亚度过了元旦、春节、中秋等原本应该与家人团圆日子。

回想当初，刘书山一人来到赞比亚，承担着：与电力公司的工程人员谈技术方案，和电力公司的采购人员沟通商务报价，跟电力公司的管理高层进行业务商谈，同时还要向中国驻赞比亚经商处和大使馆的领导们汇报工作，调查当地的移民政策，研究当地的财务和税收等工作。没有分内与分外之分，更不能去计较个人得失。显然，刘书山的工作是困难重重的，也是远在国内的我们所无法想象的。但他始终坚韧地坚持着、学习着、摸索着、尝试着，他告诫自己，要在不断变化的情况中寻找不变的规律，在解决不完的问题中将压力转化成动力。

没有什么付出是别人看不到的，没有什么付出是不会得到肯定的。刘书山不图名、不图利，他只为"一带一路"倡议，为企业的发展目标，为个人的奋斗理想敢于奉献。正因为这种无私的精神，他自然也得到了国家、企业和社会的认可。四年多的时间，刘书山在赞比亚及非洲签订了6亿多元的合同金额，并实现了一个重大项目的开竣工，成功为企业收回了数亿元的工程款项。他的成绩有目共睹，来之不易。

为此，刘书山每年都被评为特变电工的先进工作者；2016年，刘书山获得了昌吉回族自治州颁发的第七届"青年五四奖章"；2018年，刘书山和全国八百多名青年被团中央、人力资源和社会保障部一同授予了"全国青年岗位能手"的称誉。

荣誉只代表着过去，不能涵盖未来。未来，刘书山亦将坚持自己的信念，以党员的身份带动自己的团队奋斗在"一带一路"倡议的一线，开拓创新，为"一带一路"倡议的推进继续奋斗下去。

就是这样一个"80后"，积极响应国家"一带一路"倡议和发展规划，以一己之力独闯赞比亚市场，带着特变电工绿色科技、智能环保、可靠高效的高技术、高附加值的产品和服务，带着中国政府和人民的友谊，在海外市场一线耕耘、奋斗，带出了一支敢打硬仗、能打硬仗的团队，从无到有成立了赞比亚公司，并将公司在非洲的业务发展壮大，让"一带一路"的彩旗高高飘扬在非洲上空。

智造美好生活的东方匠人

——胡斯雅与TCL的海外奋斗之路

TCL集团最早创立于1981年，前身是中国改革开放之后最早的一批合资企业之一。TCL最初从事录音磁带的生产制造，随后，业务范围拓展到电话、电视、手机、冰箱、洗衣机、空调、小家电、液晶面板等领域。1999年，随着中国对外贸易的发展，TCL集团率先布局越南市场，成为国内较早走出国门的企业之一。至今，TCL已在全球范围内建立了28个研发机构、10家联合实验室、22个制造基地，业务遍及全球160多个国家和地区，成为中国在全球范围内，极具影响力的领先企业。据2020中国民营企业500强榜单显示，TCL（集团）位列第34位，营业收入达13733897万元。

　　随着"一带一路"倡议的发展和深化

推进，中国的年轻人义无反顾地踏出国门。就职于TCL集团的胡斯雅就是这样一个敢于担当拓路先锋的"90后"女性，和很多奋斗于海外的年轻人一样，她的海外故事，令国人拍手叫绝、刮目相看……

TCL集团在欧洲展会上的展台设计效果

◎ **转身，只为更美好的明天**

2004年，TCL选择了对汤姆逊在波兰的工厂进行收购，一跃成为全球最大的电视机制造企业。这笔让世界瞩目的并购（协议）签署后不久，TCL对原汤姆逊工厂进行了改造与优化:为了加大产能,于2010年对原汤姆逊工厂占地约6000平方米的仓库进行了改造,实现了仓储的立体化存储,最大限度地利用了原有的产能空间;同时,对生产线进行调整,使生产线的年产能由原来的年产200万台,提升至450万台,产能翻了一倍,生产效率得到极大提高。今日,TCL在波兰工厂占地规模达到10.5万平方米,生产出来的彩色电视,3天内可以运抵欧洲任一国家。

在TCL将汤姆逊波兰工厂收至名下,建立了在欧洲的第一个完整的生产基地之后,这个工厂拥有了两个第一:一个是当时中国企业在波兰投资最大的一家工厂;另一个是这家工厂也是当地最大的工厂。和很多企业的出海策略不同的是,TCL最早没有选择那些发展水平相对落后的国家和地区,通过产品或技术输出,建立生产基地,以保证自身的市场优势,而是直接登上了经济发达的欧洲大陆,直面先进地区的竞争对手,展开高水平的竞争。这主要是基于TCL具有多年的发展经验,技术水平较高、成熟度高,企业具有核心的技术优势和自信心;另外,企业的资金实力雄厚,不惧高投入的贴身竞争,并有实力做到"蛇吞象";此外,欧洲是各大企业应用先进技术的前沿"角力场",也是世界消费潮流的引领者和风向标,抱着学习的态度,必须通过欧洲获得技术积累,跟上世界步伐,从而实现反超和引领。

胡斯雅(左四)和波兰员工在厂房外合影

目前,TCL波兰工厂具备了6条完整的电视生产线,企业拥有员工400~600名(根据销售淡旺季柔性调整)。且多年来,一直保持着稳定发展。这是少有的中国知名企业成功扎根欧洲市场的例子,表明中国企业已经完成了技术和资本的积累,完全有能力站起来,跨出去,屹立在世界各地的市场

胡斯雅接待远道而来的由国内相关人士组成的TCL波兰工厂参访团

上，傲视群雄。

可以说，出海前正确的认知和判断决定了企业出海方向的选择是否正确、可行，以及能否如期抵达、实现预期目标。回过头来看，TCL的选择相当明智和果断。

而本故事的主人公，"90后"的胡斯雅并非是TCL内部早期的出海创业者和见证者，但这恰好为她这个后来者，减少了走弯路的可能，聪明伶俐的胡斯雅由此出发，更容易汲取前人的经验，并发挥出自己的特长。

　　2012年9月，第二年将要走出"象牙塔"的胡斯雅通过校园招聘，被颇具慧眼的TCL集团相中，并很快签订了实习聘约（实习过后须经过考核决定入职）。2013年3月，即将毕业的胡斯雅来到惠州TCL液晶产业园，入职供应链部门，开始了实习生涯，谁曾想这段实习经历让她与供应链结下了不解之缘。这期间，胡斯雅的本职工作是负责生产项目计划与管理，但她的求知欲很强，工作间歇，她就跟着供应链同事逐个部门、逐个生产环节地学习做物流计划，管理采购物料等。现在看来，但凡是个人学习能力强，具有上进心的年轻人，都不会满足于当下的工作现状，而是不约而同地选择提升自我、突破自我，迈向更为广阔的事业空间，这种勇气始自年轻人身上特有的锐气。就这样，只用了两个月左右的时间，胡斯雅不仅掌握了供应链的基本情况和知识要领，还用Excel表格，针对每一个生产环节做出了一份详细的学习情况汇报，得到了领导的肯定。

　　2013年9月，在内部供应链环节实习了几个月的胡斯雅，参加了TCL举行的一次内部选聘面试。天生活泼、伶俐的胡斯雅被海外制造中心总经理选中，成功上任海外制造中心总经理助理一职。由此，胡斯雅和"海外""一带一路"结下不解之缘。

海外制造中心，顾名思义，就是全权负责TCL集团在海外工厂的研发、采购、物流、制造、销售等业务，立求建立和拥有完整的海外制造产业链，是TCL在海外发展的坚实使命承载者和执行者。

胡斯雅进入海外制造中心后，像很多年轻人一样，需要熟悉和掌握TCL海外业务的各项流程环节，辅助总经理安排和处理各项海外制造的工作事项。很快，勤奋的胡斯雅在业务层面飞快地成长。2013年至2015年间，总经理认为作为海外制造中心总经理助理的胡斯雅已经通过历练具备了专业素养，需要为其树立更高的目标，提供更广阔的发展

胡斯雅和
波兰员工合影

上升通道。于是，就让胡斯雅开始进一步接触更深层面的海外业务，而这种提升的方式再没有比派往海外驻在国，实地了解当地生产经营状况更适合的了。所以，胡斯雅那阵子经常去到TCL集团在欧洲的制造大本营——波兰工厂出差。

那时对国外还比较陌生的胡斯雅，每次出国都会随身携带"老干妈"，用于佐餐。偏爱辣口味的她甚至一次可以带上六七瓶，慢慢吃。吃腻了西餐，她就自己动手在宿舍里做点米饭，用老干妈拌饭吃。

来到波兰后，天生勤学好问，且个人心气和自我要求很高的胡斯雅并不满足于只做一些日常的事务性工作，她想要深入制造业内部，承担这个产业链上的更多工作，并成为一个自己心目中更看重的那类"专家"。但是，人生的契机需要耐心等待命运的青睐，在等待的过程中需要做好必要的准备。胡斯雅审视着TCL在欧洲及波兰的产业链条，身处"一带一路"倡议稳步推进的新时代，她意识到只有加强自己的专业性，才能为"一带一路"和TCL的发展做出更大的贡献。往深处说，她更希望在供应链这个制造业的前端环节上有所造诣，而供应链事关企业制造的全局，一家企业如果供应链存在漏

胡斯雅
与TCL波兰
工厂参访团
合影留念

洞，那么会影响到后端制造发力和销售履约能力，从而直接影响企业的利润。胡斯雅有了这样的想法，就和TCL波兰代工企业的总经理进行了初步沟通，但隔行如隔山，这个总经理认为她对供应链一点都不了解，无法胜任这项工作。

胡斯雅对代工厂总经理的质疑没有多说什么——不用谈个人理想和抱负，"一带一路"这条路不是说出来的，而是做出来的，是一步一个脚印扎实地走出来的。事实胜于雄辩，她要让自己改头换面，重新来过，让那位总经理刮目相看。就这样，暗暗下定决心的胡斯雅为了实现自己的职业目标，埋头苦学。日常里，她刻苦钻研供应链的相关专业知识，其中就包括：船务、计划、采购、财务等方面。三个月之后，转型路上的胡斯雅满血复活、新鲜出炉了，她把关于供应链能搞到的书籍和资料全部温习了一遍，有不懂的问题她就去请教供应链的同事。而她对于供应链勤学好问的事情，也悄然传进了代工厂总经理的耳朵里。总经理暗自为她叫好，但是仍心存怀疑……

好运是为有准备的人而来的。胡斯雅在做好准备的同时，运气着实也不错。2015年9～10月，为了细化海外业务，加强分工，顺势做强，原有的TCL品牌海外制造中心调整了方向和架构，变更为海外代工厂战略客户业务中心，并划入"海外代工制造中心"（简称"代工制造中心"），而这个代工制造中心是以波兰代工厂为雏形发展而来，为的是谋求更高质量、更大规模的稳定发展。

当机会降临的时候，拥有信心和胆识的人才能毅然决然地挺身而出。企业内部部门的调整，伴随而来的就是人员的调整，胡斯雅看到内外时机已经成熟，开始考虑个人的转型发展。于是，她适时地和代工制造中心的总经理进行了必要的沟通，果断地提出想要转向供应链方向，寻求个人发展。对于胡斯雅的努力，波兰公司的同事有目共睹，连外国同事都对胡斯雅的刻苦努力竖起了大拇指！总经理也将这一切看在了眼里，但他不想轻易作出决定，胡斯雅能否成功转型，战胜新的挑战，主要决定因素还是在她自身的专业素质和水平。于是，在沟通过程中，总经理就和她聊起了供应链中的专业问题，带着问题去考察胡斯雅。搁在从前，非供应链人员的胡斯雅肯定会瞠目结舌，无言以对。但令总经理未料到的是，此时的胡斯雅对专业问题脱口而出，说得头头是道、在行在理，而且还展露出了具

胡斯雅与国内相关人士组成的TCL波兰工厂参访团合影留念

有全局性和创新性的观点，让总经理有种要被这个了不得的小女生"洗脑"的感觉。

功夫不负有心人。代工制造中心总经理对胡斯雅这样一个人才的进取心，不能再不重视了，"这个曾经的助理确实不简单，是个很有潜质的人才，是该考虑让她加入进来了……"想要留住人才，使用好人才，发挥好人才的优势，就要为人才提供尽可能广阔的职业发展空间。总经理清楚地认识到胡斯雅正是TCL沿着"一带一路"深化发展所需要的那类人才，所以必须给她提供更多的机会。2016年3月，已经回到国内的胡斯雅如愿以偿，被批准加入了波兰工厂的供应链团队，带着"老干妈"重返波兰，开始了新的奋斗之旅。

◎ **东风劲吹，正式搭上中欧班列，驶向春天**

2011年首趟通往欧洲的货运列车开行，之后逐年增加车次，至2016年时，计划开行200趟车次，下货点扩展到20个。虽然2016年时，早期的"中欧班列"已开行逾5年，但正是在这一年，TCL集团拿到了"车票"，其生产出来的供应链产品正式搭上了这趟列车。从此开始，TCL集团装在货柜内的产品，开启了从中国到欧洲的一趟趟"极速之旅"。

之前，TCL集团运往欧洲的货物通常采用传统的海运方式，从生产基地惠州所在的广州近海港口启程，经过漫长而曲折的海路，抵达欧洲。后来，通往欧洲的货运列车开通后，他们也曾尝试采用铁路运输的方式，但那时产业布局力度不够（主要集中于广东惠州），铁路运行效率尚未得到提升，所以运输效率和成本并未达到预期。

2016年之前，通往欧洲的货运班列从国内多地发车，并未统一称为"中欧班列"，运行方案也未得到统一安排和提升。此后，国家领导多次提及将始发自不同地点的班列统一品牌，进行统一编排车次，合理、高效地提升运行效率，全面打通通往欧洲的铁路货运渠道，保证中国产品向欧洲输出的顺畅性。于是，这些提议经过缜密的准备和落实，在2016年终于实现。

而恰好在2016年，TCL集团和四川省政府达成了投资合作意向，双方计划在四川成都附近出资建立新的工业产业园，而成都恰好是中欧班列的一班列车的始发站点，于是TCL顺势决定从这里启程，登上列车，将货物一路呼啸、飞驰着运往欧洲，目的地为波兰首都华沙。

之前，TCL通过海运的方式，实现货物输出欧洲的最大缺陷就是时间周期漫长——通常需要6周的时间，且成本高，严重制约了TCL欧洲工厂的工作效率。而搭上中欧班列后，TCL在四川基地建成投产前，选择将在惠州生产出来的供应链货物通过铁路运至成都，然后从成都登上中欧班列，跨越中亚国家后，直抵华沙，前后用时为3周，比之前采用的海运形式缩短了一倍的耗时，大大地提高了采购和生产效率，为企业节省了大量的成本，实现了利润的提升。

也正是基于这样的效率与成本核算，TCL专门为搭上中欧班列成立了中欧班列专项项目组，认为这个项目战略发展意义非同寻常。而身在波兰，了解所在国当地状况的胡斯雅也荣幸地成为项目组的主要成员之一。

加入项目组之后，为了做到使中欧班列在中波间无缝对接，实现由运输到生产环节的间隙最小化，使中欧班列成为一道飘扬在中欧经贸之路上的金丝带，胡斯雅针对波兰当地有关的离岸、到岸、清关、通关、卸货、仓储、提货等贸易流程，进行了深入研究，掌握了当地的特殊情况；并接洽了波兰当地的相关管理机构，包括海关、税务、司法等，寻求最大力度的支持和保障，以期为搭载有TCL供应链产品的中欧班列的顺利到港铺好路、搭好桥，保证货物能如期、顺畅地抵达波兰。

经过艰苦的付出和努力，在波兰制造中心独当一面的胡斯雅将波兰当地的各种货物往来关系重新梳理清楚，并确立了合作关系，计算好了流程、时间和成本。距离华沙有60公里之遥的日拉尔多夫市（Zyardow）是TCL波兰工厂的所在地，针对胡斯雅一手制定的班列到站及提货、运输计划，整个工厂上下动员，行动起来，并制定好了排产安排。中波双方员工共同焦急地期盼着第一趟列车的顺利抵达。

万事俱备，只等东风来。

2016年6月下旬，习近平主席开启了对波兰的正式国事访问。6月20日，"中欧班列"的首

胡斯雅在为迎接习近平主席访问波兰做准备

趟车次，即满载有TCL产品货柜的列车，在这一天准时地抵达了华沙，胡斯雅和她的同事共同见证了这一时刻的到来。

仪式当天，时任波兰总统杜达很早就来到了华沙铁路集装箱货运火车站，他将在这里迎接从其他会场赶来的中国国家主席习近平，并与习近平主席一道共同见证这难忘的历史时刻。但令人意外的是，当日天空下起了瓢泼大雨，就在所有人都在想这次到站仪式会不会就此取消、另择他日的时候，神奇且让人欣慰的一幕发生了。

就在习近平主席的车队即将抵达火车站的时候，天公作美，刚刚还倾盆而下的大雨忽然间止住了！拨云见日，天空格外晴朗。

随着习近平主席的抵达，人群中不断爆发出阵阵的欢呼声和热烈的掌声，每个人脸上都洋溢着笑容。这一天、这一刻像节日一样，笑容洋溢在每个人脸上。

仪式举行前，胡斯雅已经和中国驻波兰大使馆进行了联络，从工厂选出了一部分员工参与其中，作为仪式的参与者和见证人。当天，胡斯雅一大早就赶到了华沙火车站，并与车站和海关的人员保持密切联络沟通，做好货物进关后的各项协调工作。

当一切工作都布置妥当之后，胡斯雅和所有人一样挥动着中波两国国旗，看到习近平主席同波兰总统杜达一起，微笑着，向欢呼的人群招手致意，缓步经过人群，走向列车站台时，她激动不已……那一刻，令她终生难忘。

之后，习近平主席和波兰总统杜达一起登上设于站台的观礼台，只见这趟印有中欧班列统一标识的列车，鸣着笛，缓缓地驶入站台，向前、再向前，直至稳稳地停下来，被载入史册。

当然，在这次习主席出访波兰的同行人员中，还有一位企业家也见证了这难忘的时刻，他就是TCL集团董事长——李东生。此行，他是中国外交代表团中唯一一位中国企业家代表。

今日，TCL每年通过中欧班列运送的货柜总量达到6000个，且运送量每年都在不断提高。此外，TCL集团还专门开通了"中欧班列·TCL专列"，让货物的运送效率再上台阶。

2016年的那趟首班列车虽然早已过去，成为让人难以忘怀的一段历史，但是"一带一路"的车轮却永不会止息，它必将转动得越来越快，一路呼啸着向前行驶，带动中欧经贸实现持续交流和不断深化发展。

2016年是"一带一路"发展的高峰年，这一年，"一带一路"的事业在许多海外年轻创业者的努力奋斗下，不断取得新的成绩。万众一心，众志成城，就没有什么不能实现的，就没有跨不过的沟和坎。中国，正在"一带一路"这条意义重大，事关祖国发展、世界多元化发展的道路上高歌猛进。

◎ 新闻联播40秒钟，"小雅子"倾情讲述

2017年9月初，一批来自国内的企业家代表团，专程来到波兰，参观已经成为"一带一路"创业标杆企业的TCL波兰工厂，落落大方、端庄的胡斯雅负责全程接待将TCL在波兰的经验传递给了这些企业家。而其中有一位随行采编的导演，恰好来自央视，他对胡斯雅讲述的"一带一路"故事印象极为深刻，凭着新闻媒体人敏锐的灵感和嗅觉，这个导演认为TCL的海外创业故事具有新闻价值，值得弘扬。

后来，在2017年国庆前夕，央视决定拍摄一组《中国有我》的主题节目，从多角度反映中国人民艰苦创业的事实和所取得成就，于是曾和胡斯雅有过一面之缘的央视导演就想到了TCL及那位曾经接

待过他们的胡斯雅。

央视制作组在全面评估了多家在海外创业的中国企业，并结合习近平总书记2016年访问波兰时，对TCL在欧洲发展事业所取得的成绩的肯定，认为TCL是一个在海外创业取得成功的典型案例，具有深刻的代表性和示范作用，能够为中国企业进行海外创业揭示更多的经验和道理，因此确定将TCL作为节目素材之一。

之后，央视将节目构思和TCL集团进行了交流，并得到明确答复：会积极配合，参与其中。央视给出的明确建议是企业需要自己构思内容细节和播出讲词，然后自己录制，录好后再传给央视审

胡斯雅陪同国内相关人士参观TCL波兰工厂

核，以完成剪辑和编排、播出。由此，TCL成为唯
一一家入选参与《中国有我》节目录制的企业。

TCL内部经过考虑，将这项出镜新闻联播的任
务交给了胡斯雅。胡斯雅得知自己要上新闻联播
时非常兴奋，但更多的是紧张。一来，央视是全国
影响力最高的传媒，受众广泛，新闻联播更是全国
收视率最高的节目之一，胡斯雅心里没底，该如何
面对全国亿万观众，最好地展现TCL的企业形象，
以及企业践行"一带一路"倡议所取得的丰硕成果
呢？二来，录制节目的消息通知到她的时候，已经
是2017年9月中下旬了，节目预定将在国庆节期间播
出，时间非常急迫，如果不抓紧时间编制、录拍，
企业将错失这次对外展示自身形象的良好契机。为
此，胡斯雅陷入了沉思，不敢有丝毫的懈怠。

后来，身在波兰的胡斯雅逐渐冷静下来，她开
始分析录制节目的切入点。新闻联播是个新闻题材
的节目，新闻就要如实地反映现实风貌和状况，有
一说一，并且要具有时代价值和积极的引领意义，
要能带来尽可能广泛的影响力……

基于这样的客观认识，对TCL波兰工厂非常熟
悉的胡斯雅认为，不如就以TCL波兰工厂的生产
线为录制背景，然后由她这个TCL波兰工厂里的中

国员工现身说法，带领观众一起通过TCL波兰生产线，感知"一带一路"倡议的发展现状，然后替中国数万名海外年轻的创业者表达最真实的勇气和决心，这样的构思简单、直接、一目了然。

胡斯雅将自己的录制构思汇报给了企业领导，并和央视编导进行了长时间的沟通，可想而知，多方面一致赞同胡斯雅的想法，建议她尽快完成拍摄，看看效果如何，然后再进行细节调整。

在过去，拍摄新闻节目需要专门人员配备专门的摄录设备，才能达到播放要求。但是这次时间紧张，中央电视台也没有过多精力和计划投入进来，所以只能远程提供技术支持。这令胡斯雅面临更大的挑战——如何才能拍摄出专业的新闻片子？好在随着手机技术的日新月异，如今，通过手机拍摄的视频也可以达到电视台播放要求的像素和格式水平。胡斯雅将用手机拍摄视频的想法告诉了央视编导，征得对方同意后，就开始编写讲稿。讲稿内容按播音语速撰写，持续时间大约为1分钟。

讲稿写好后，胡斯雅和另外一名来自国内的同事商量，让她协助自己进行拍摄。就这样，一切准备妥当，胡斯雅和自己的同事在车间里选好了场景，开始进行拍摄、审片、再拍摄……胡斯雅说话的语速通常比较快，这也是经年累月养成的习惯，不太容易改变，所以在这种要求比较高的影视素材拍摄过程中，她的动作曾一度跟不上较快的语速——话说到了，但是配合的动作却还没有做出来，但这难不倒胡斯雅，她花费了很大精力让自己在镜头前变得更加从容和协调，显得信心很足，游刃有余。

在后来的拍摄过程中，胡斯雅反复练习了走位，控制和调整语速，表情到位，达到央视编导的要求。前前后后一共拍摄了近百条视频。很多时候拍完之后，胡斯雅和同事认为可以了，传给编导审片子，又都得到反馈——细节不到位，重拍。后来，央视节目编导还抽出空来，远程视频，亲自向胡斯雅传授了一些表演技巧和要领。聪慧的胡斯雅随着拍摄的深入，渐入佳境。最后编导终于在胡斯雅提供的一分多钟的视频中，剪辑出40秒的精华，进行了播放。

2017年10月5日，举国欢度国庆佳节期间，在江西省南昌市的一个山清水秀的山村中，那种沸腾的热情正在全村慢慢地膨胀着、四溢着，因为当晚从这个偏僻小山村走出去的一个邻家女孩将会受到全国亿万观众的瞩目，而这种荣誉是属于全村人民的幸福。这种幸福为这个喜庆的国庆节平添了一份非同寻常的记忆，留在了人们的心中，久久回味。

这个邻家女孩就是——胡斯雅。

此前，村民们已经通过胡斯雅的亲人得知，今晚，那个曾经活蹦乱跳、可爱俏皮的胡斯雅将会现身中央电视台第一套的新闻联播。众人对此已经期待有一段时间了。

18:05，村长就通过村委会的大喇叭，向全村广播：请大家尽快完成手头上的事，围坐在电视机前。今晚，我们村走出去的姑娘胡斯雅，代表我们村上了中央电视台新闻联播。大家一定不要错过这个难得的机会啊……那谁谁谁，赶紧把你那头牛牵回家去，别让它在外面乱叫……"

18:50，所有村民们已经都围坐在了电视机跟前，目不转睛地盯着画面，生怕错过胡斯雅的镜头，焦急的等待过程竟然是如此漫长……内心的兴奋无以言表。

19:00，新闻联播正点播出，那熟悉的前奏声音散播开来，就连在各家院子中玩耍的孩童，都乖乖地跑回了自家的屋子里，老老实实地坐在小板凳上，注视着电视里的画面。

19:15，在全村父老乡亲和亿万观众的注视下，只见央视主播话音刚落，画面一转，出现了一位面目清秀、梳着齐肩长发的中国姑娘，她身着TCL特有的粉红色文化衫，出现并缓步行走在TCL海外制造中心的波兰彩电生产车间，一上来她先自我介绍了一下，"我叫胡斯雅，从事波兰工厂的供应链工作……"如果没有这番介绍，胡斯雅在镜头前的形象简直媲美新闻直播记者。

之后，在这短短的、弥足珍贵、值得骄傲的40秒中，胡斯雅介绍了TCL在波兰的生产经营状况，观众从中不难看出，其自豪之情溢于言表，让人印

胡斯雅在中华人民共和国驻波兰大使馆举行的国庆招待会上

象深刻。

在这段新闻的最后，胡斯雅说道："'一带一路'，中国有我一定行。"既扣上了节目的主题，又算是代表中国数万名在海外奋斗的年轻创业者表达了决心和信心，让观众看过之后深受感动。

后来，有很多胡斯雅的朋友通过各种方式联络她，向她表达祝贺和问候之情——"小雅子，我在央视上看到你了""你真棒啊"……但是胡斯雅并没觉得这有什么特别的，她不过是作为TCL的代言人出现在电视里，介绍的内容绝非是出于为TCL做广告那么直白和商业化，更不是为了突出自己，她是在为海外奋斗的年轻人证言，要让国人知道中国企业在海外的事业已经随着"一带一路"倡议的持续深化和展开，取得了一定成就，但未来依然要坚持艰苦创业的信念，克服种种困难，不断攀升，无愧于祖国和人民交代的重托。而有她们这样有志向、有理想、有抱负、有担当的年轻人，中国在践行"一带一路"倡议的伟大道路上，一定能行！

短短的40秒，浓缩、凝结了TCL及胡斯雅的海外奋斗历程，就像一面镜子，反映出来是艰苦的创业奋斗之路，更映射出千万家中国企业在海外创业的心路和成果。

经历了登上新闻联播这件事之后，胡斯雅成了颇有名气的人，也有一些媒体想方设法地联系她，采访她，其中不乏对她个人经历感兴趣，以她的个人经历为主旨的采访。胡斯雅纷纷拒绝了这些媒体的请求，她认为自己不过是无数个海外创业者中的幸运儿而已，其实她付出的努力并没有多于其他那些默默无闻的海外创业者，她说出的是他们共同的心声。所以，她以平常心看待这样一次媒体曝光，并接受了部分获得TCL集团审批批准的媒体采访，继续为自己的企业和"一带一路"倡议代言。

◎ 用奔跑为小镇添光彩

时至今日，回想当初TCL集团大胆地选择在波兰建厂、投产电视机，实属明智之举。

波兰在欧洲属于制造业强国，工业实力雄厚，且人力成本在欧洲处于较低水平，这在制造业厂商的眼中，是具有很好的基础优势的。此外，波兰的物流体系比较健全，有"欧洲十字路口"之称。TCL波兰工厂毗邻德国汉堡和波兰格但斯克两大重要港口，TCL组装的电视下线后，通过这两个天然良港，一天就能运达德国法兰克福和法国巴黎，三天就能运抵葡萄牙里斯本、西班牙马德里，3天之内就能够将货物送达大多数欧洲国家。出色的地理位置、良好的工业基础，以及较低的人力成本，使得TCL生产的电视机在欧洲销量很广，他们的产品较三星与LG的电视机，质量不差，价格却更低，所以获得了欧洲消费者的广泛欢迎和认可。一段时间以来，与三星和LG比肩，成为欧洲电视机销量前三位。

从生产流程来看，输出欧洲的电视机一般是由TCL专业的研发人员通过对欧洲市场进行实地调研，进行论证，得出结论；之后，在国内进行研发；再针对研发出来的新产品制定生产计划（包括采购计划），国内完成供应链产品的生产，并通过中欧班列运抵波兰，然后通过波兰自动化生产线进行产品组装，再销往欧洲各地。完整的工业化产业链，使得TCL成为"一带一路"上中国海外制造企业的排头兵和样本，具有良好的示范作用。

一天早上，太阳刚刚升起，在日拉尔多夫市的拉得兹基沃艾斯（Radziejowice）小镇上，悬在叶片上、颤颤巍巍、将欲滑落的露水还未消逝，泛着五颜六色的光芒，鸟儿在绿油油的树丛间徘徊，欢快地啼鸣……教堂整点的钟声刚刚隆隆敲响，

长跑比赛
颁奖现场

小镇的街道上便开始涌出汩汩人流，这和平常安详、宁静的村镇场景有些不同。原来，这里即将举行一年一度的小镇长跑比赛，这是镇子里一年中值得庆祝和狂欢的节日之一，所有的人都把目光转向长跑比赛。

镇中的老人和孩子也都赶来凑热闹，有的人穿着极具民族特色的服装载歌载舞，吹响了风笛，拉响了手中的小提琴和手风琴。和往年不同的是，这一年的长跑比赛是由距离小镇1.5公里之外的TCL工厂赞助的，TCL为这次比赛提供了很多奖品，其中包括第一名的奖品——一台崭新的TCL品牌彩电。

赛前，小镇上的居民跃跃欲试，TCL的员工也参加进来，其中也包括爱锻炼的胡斯雅。比赛路线是围绕小镇长达10公里的乡村道路、山路等，大家重在参与，其乐融融。

拉得兹基沃艾斯小镇曾经是波兰纺织工业的一个生产基地所在，这里的人民心灵手巧，缝制出来的纺织品水平高超。但是不幸的是，20世纪80年代，由于种种原因，纺织工业备受打击，大量手工作坊和纺织厂纷纷破产，小镇居民的生计一度出现了问题。后来，法国汤姆逊公司看准机会，在这里投资建造了电视机厂，小镇人们的生活才得以改善。

之后，TCL收购了汤姆逊的电视机工厂，并加大投资进行了产能升级，为当地解决了数百人的就业问题，成为这一地区的纳税大户。而且，小镇上的人民没有把TCL仅仅当作一个远道而来的外国品牌，而是视如自己家乡的品牌，为之付出和自豪。

比赛开始后，参赛的500名选手争先恐后地冲出了起跑线，一路向前冲刺，有一些岁数较大的老人被落在了后面，但是他们并不着急追赶，而是按照自己的节奏匀速奔跑。还有一些当地的孩子成群结队地跟在这些老年选手的后面，为他们加油、鼓劲。

胡斯雅也夹杂在众多选手中奔跑着，她渴望的不是名次，而是获得一种久违的舒畅。以前在国内的时候，她每晚下班之后，都要进行慢跑运动，让身体机能保持在良好状态，从而激发潜能，可以以饱满的精力面对接下来的工作。但是来到波兰之后，由于工作忙碌，外加人生地不熟，她已经很长时间没有像这样进行长跑锻炼了。所以，她想用这次奔跑唤醒曾经的自己。最后，胡斯雅用了55分钟跑完了全程。

赛后，镇长和TCL的领导为比赛的获奖选手颁发了证书和奖品，每个人的脸上都洋溢着热情和兴奋。

曾经很多世界500强企业来到中国投资数年之后，都不约而同地将一件事提上了议事日程，那就是外资企业要本土化，要入乡随俗。如今，中国企业走出国门，也无法回避同样的问题，就是要想扎根"一带一路"沿线国家，必须要入乡随俗，要本土化，要和当地政府、人民搞好关系，建立友谊与和谐。TCL为中国企业做出了表率，他们根据波兰的习俗和特定文化开展事业，投入社会活动，这也是中国企业进行海外投资的应有之义。

说到中国企业的海外本土化，要想落到实处，还是要靠胡斯雅这样的中国员工以身作则，从个体上就贴近和融入驻在国当地生活，和驻在国员工打成一片，互通有无，深入交往。TCL偌大的波兰工厂中，中国员工只有4~5名，其他400~500名员工都是波兰籍，因此说，中国员工如果不和波兰员工主动打成一片，融为一个整体，是很难深入推进和开展工作的。

一天，胡斯雅正在办公室里工作，她打开邮件，一封洋溢着喜气的邮件映入眼帘，邮件的内容

胡斯雅在波兰同事的婚礼当天与波兰儿童亲切合影

是一个名叫Mariusz的波兰员工发来的，她诚挚地告诉胡斯雅，她将在本月的一个周末在教堂举行婚礼，将自己托付给一位男士，所以邀请胡斯雅前来见证她生命中最重要的时刻之一，希望胡斯雅能够接受邀请。

胡斯雅看后，略微想了想，便回复道：谢谢你的邀请，我欣然接受，并提前祝福你们新婚美满和幸福！

一个晴朗的周末，胡斯雅和其他受邀的同事一起来到了小镇上的教堂，镇子上很多熟识的面孔都在这一天同时出现在教堂外的广场上，大家有的手捧鲜花，有的拎着礼盒，都穿戴整齐地依次进入教堂。

教堂里庄严肃穆，大家各自坐在座位上，等待着见证新人幸福时刻的到来。

随着几声钟声过后，婚礼开始了。新人坚定地互许了爱的诺言，之后在众来宾的见证下，男女双方互换了象征爱情永恒不渝的信物——戒指，并热吻在一起。大家击掌祝贺，一派喜气洋洋。

婚礼间歇，胡斯雅也将自己带来的一束鲜花送给新人，并用波兰语向他们送上了最真挚的、代表东方的祝福。

　　这就是胡斯雅，一个敢于奋进在"一带一路"
建设第一线的年轻女性，她用时光和生命谱写着动
人歌曲，努力让自己与周围的人变得更好。

行进在"一带一路"，
用最好的产品服务全球患者

1998年成立的上海微创医疗器械（集团）有限公司（后文简称微创），是一家创新型高端医疗器械集团，总部位于中国上海张江科学城，业务覆盖心血管及结构性心脏病、电生理及心律管理系统、骨骼与软组织修复科技、大动脉及外周血管疾病、脑血管与神经调控科学、外科急危重症与机器人、内分泌管理与辅助生殖、泌尿妇科消化呼吸疾病、耳鼻口眼体等塑形医美、体外诊断与体内外影像、体内实体肿瘤治疗科技、失眠抑郁症及康复医疗十二大业务集群。微创在中国上海、苏州、嘉兴、深圳，以及美国孟菲斯、法国巴黎近郊、意大利米兰近郊和多米尼加共和国等地均建有主要生产（研发）基地，形成了全球化的研发、生产、营销和服务网络。微创致力于提供能延长和重塑生命的可普惠化真善美方案。

微创的产品已进入全球逾万家医院，覆盖亚太、欧洲和美洲等主要地区。在全球范围内，平均每6秒就有一个微创的产品被用于救治患者生命或改善其生活品质或用于帮助其催生新的生命。2014年推出的药物靶向洗脱支架系统更是令微创在冠脉支架领域完成了从追随者和并跑者到全球引领者的跨越。

2019年2月12日，泰国曼谷。

桌上放着三个信封，里面分别装有三款心脏支架的名称。这是泰国全民医保的开标现场，谁的名字出现在信封里，就意味着它将直接占有泰国公立医院的巨大市场。

几分钟后，信封被缓缓打开，"Firebird2"（火鸟）的名字赫然出现！Firebird2中标了泰国全民医保体系中药物涂层心脏支架项目的非可降解涂层药物支架项目。而Firebird2冠脉雷帕霉素洗脱钴基合金支架系统则是由微创医疗科学有限公司（以下简称"微创"）旗下子集团上海微创医疗器械

（集团）有限公司自主研发的"中国智造"产品。

对微创而言，这是一个值得铭记的时刻。泰国全民医保的招标流程素以对质量的要求严苛闻名，此前，泰国的心脏支架市场全是欧美国家的产品，Firebird2是第一个"例外"。"微创能中标，绝不是因为价格优势，而是它的质量和性能获得了官方的高度认可。"有评论人士如是说。

果不其然，短短4个月后的6月30日，微创Firebird2支架在泰国医院的植入量达到6100根，市场份额从6%猛增到20%。到2019年12月底，微创累计约为泰国全民医保项目提供了23000根支架，覆盖所有参与全民医保的医院，至此，微创心脏支架在泰国的市场份额接近四成，惠及数万名泰国患者。

口碑是最好的宣传。此后的2020年和2021年，微创的支架又在泰国全民医保项目中接连中标。

医保之外，泰国心血管疾病介入治疗市场的大门也向微创彻底打开。2021年2月4日，微创旗下子公司微创心通医疗科技有限公司（以下简称"心通医疗"）于香港联交所主板上市，其代表产品VitaFlow经导管主动脉瓣膜系统（以下简称"VitaFlow瓣膜系统"）已于2020年11月在泰国上市，让泰国的患者和医生得以用优质普惠的"中国方案"治疗主动脉瓣疾病。

对于微创来说，泰国只是其开拓"一带一路"的一个缩影。

至今，微创的300多款产品已进入全球逾万家医院，平均每6秒就有一个微创的产品被使用。其中，和中国签署"一带一路"合作文件的一百多个国家里，已有许多患者受益于微创的产品。

◎ **技术积累精益求精，不断获得世界认可**

2013年9月和10月，中国国家主席习近平先后提出建设"新丝绸之路经济带"和"21世纪海上丝绸之路"的合作倡议。2014年，微创迅速开启了"一带一路"的业务布局。微创海外事业高级副总裁林映卿事后总结，能够在第一时间响应国家号召，和微创过去多年来的技术积累密切相关。

微创成立于1998年。那一年，留美博士常兆华毅然放弃海外优渥的生活，回国创业。彼时，中国的医疗器械产业还相当落后，基本停留在"手术刀加止血钳"的时代。像心脏支架这样的器材，百分之百依赖进口，一根就要花费3~4万元人民币的价格让绝大多数患者望而却步。

有位医生曾给常兆华讲过亲身经历的一件事，让他夜不能寐：一位农村患者家属，把家里仅有的几头牛赶到医院门口，求医生给亲人体内放一根可以救命的支架。在常兆华看来，患者的求助，于他，是一种无声而急迫的召唤。

创业第二年，微创就生产出了中国第一根PTCA球囊扩张导管，并在国内上市；2000年，中国第一根裸支架——Mustang冠状动脉血管支架（以下简称"Mustang裸支架"）在国内上市；2004年，中国第一根冠脉药物支架——Firebird药物支架在国内上市。

这几款产品的上市，让微创完成了第一阶段的使命——让国内的老百姓用得起心脏支架。国产心脏支架的到来，让价格垄断的进口支架有了竞争对手，因而不得不大幅度调整价格。在微创成立之初，国内每年的心脏支架手术量仅5000例，到2006年，仅微创冠脉药物支架Firebird在国内的植入量就达到10万根，而到2018年，中国的心脏支架手术已增至91万例。

也正是从这个时候起，微创正式启动了全球业务的拓展，2004年，Mustang裸支架开始在欧洲上市。

然而，心脏支架一直以来都是欧美企业的领地，有的国家明确提出，他们只认欧美标准，有的甚至只认美国FDA标准。尽管以微创为代表的国产心脏支架性能好、价格优势大，但要进入全球市场，依然不易——欧美的认可，成为一道绕不过去的坎。

虽然出海之路并不顺畅，但微创非但没有畏惧，还用一款新产品获得了全球认可。

药物靶向洗脱支架系统Firehawk（火鹰）（以下简称"Firehawk（火鹰）"）是微创历经8年自主研发的全球第一款靶向药物洗脱支架系统。作为目前全球载药量最低的支架系统，Firehawk（火鹰）集裸支架与药物洗脱支架的优点于一身。Firehawk（火鹰）采用了独特的激光单面刻槽涂药技术和靶

Firehawk（火鹰）支架药物喷涂模拟示意图

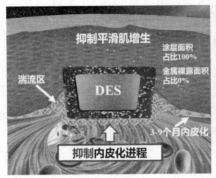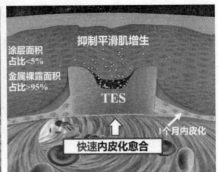

药物洗脱
支架（DES）
与靶向药物洗
脱支架（TES）
理念对比图

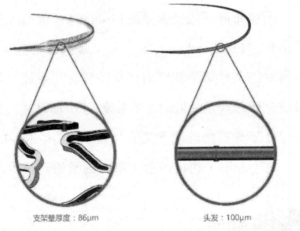

Firehawk
（火鹰）支架
壁厚度与头发
对比

向洗脱技术，在保证了药物有效性的同时，大大降低了药物使用量，有利于血管的短期愈合。

2014年，Firehawk（火鹰）在中国上市，2015年在欧盟上市。2015年12月至2016年10月，微创在英国、德国、法国、意大利、西班牙等10个欧洲国家的21所医院设计了一场"竞赛"：在确保安全的前提下，Firehawk（火鹰）支架与有"全球第二代心脏冠脉药物支架金标准"之称的雅培Xience支架同台竞技，1653例患者随机植入两者中的一种，比对哪种技术更成熟、效果更好。

伦敦时间2018年9月3日，世界顶级权威医学杂志《柳叶刀》（《The Lancet》）全文刊登了微创Firehawk（火鹰）支架在欧洲大规模临床试验（TARGET AC）的研究结果，该研究破解了困扰世界心血管介入领域十多年的重大难题。这是《柳叶刀》创刊近二百年来，首次出现中国医疗器械的身影。

《柳叶刀》发布这一成果后，微创Firehawk（火鹰）支架进一步受到全球医疗界的关注、肯定

Firehawk（火鹰）支架欧洲大规模临床试验TARGET AC研究结果登上《柳叶刀》

THE LANCET

Log in　Register　Subscribe　Claim

ARTICLES | ONLINE FIRST

Targeted therapy with a localised abluminal groove, low-dose sirolimus-eluting, biodegradable polymer coronary stent (TARGET All Comers): a multicentre, open-label, randomised non-inferiority trial

Prof Alexandra Lansky, MD · ✉ · Prof William Wijns, MD · Bo Xu, MD · Henning Kelbæk, MD · Prof Niels van Royen, MD · Ming Zheng, MD · et al · Show all authors

Published: September 03, 2018 · DOI: https://doi.org/10.1016/S0140-6736(18)31649-0

与重视。

被誉为"经桡动脉介入治疗之父"的荷兰著名心血管介入专家费迪南德·克美尼（Ferdinand Kiemeneij）教授，是欧洲首位使用Firehawk（火鹰）支架完成手术的医生，称赞Firehawk（火鹰）是非常有前途的最新一代支架："我对微创的支架技术非常有信心，Firehawk（火鹰）操控性很好，而且支架的临床数据结果显示也相当好。"全球知名心脏专家、英国国王学院帕特里克·瑟瑞斯（Patrick W. Serruys）教授更是指出："来自亚洲的介入器械研发之进步已经深刻地影响着欧美市场，未来亚洲对于医疗器械的创新或将引领行业趋势。"

面对这项属于全人类的高科技成果，欧美各国对学术持有最"苛刻"标准的医学专家都纷纷给予了极高评价。这也让微创人对于Firehawk（火鹰）翱翔于全球有了更大的期许。

"我们衷心希望'Firehawk（火鹰）'这一全球顶尖性能和质量的冠脉支架的长期优良疗效够越来越广泛地被确认和被感知，它在全球尤其是欧美国家的推广应用和长期临床科学数据的全面呈现，能让大家更加深刻地认识到在全球科技竞争中，中国高性能医疗器械企业也有机会站在全球制造业创新链、产业链和价值链的顶端。"微创创始人、董事长兼首席执行官常兆华博士表示。

◎ 全方位"走出去"，用心推介"中国智造"

不过，要让欧美和"一带一路"沿线国家的医院接受微创的产品，并大规模使用这些"中国智造"，还有很长的路要走。最大的难度在于，即便产品本身的质量和技术足够好，也依然要花费大量的人力和时间去打开市场，让产品被更多人看到。

在任何一个国家，使用哪种医疗器材，临床医生都拥有绝对话语权。微创的产品要落地，就必须到一个个国家的一家家医院讲解、分享，让当地医生能够逐步认知、接受并操作使用。这个过程艰难且漫长，需要付出持之以恒的努力。为此，微创人奔赴"一带一路"沿线国家，尽心尽力地推广起中国智造的产品。

2014年6月，一年一度的东盟心脏病学大会在马来西亚吉隆坡开幕，首次参展的微创在会上着重介绍了公司及全线产品。会议间隙，大会主席罗斯里·莫赫德·阿里（Rosli Mohd Ali）教授参观了微创的展台，马来西亚知名专家罗拜亚·赞巴哈利

（Robaayah Zambahari）教授在当地最大的心脏病中心Institut Jantung Negara使用Firehawk（火鹰）完成了一例冠脉支架术。这是Firehawk（火鹰）首次正式亮相海外舞台。

马来西亚是"一带一路"沿线的重要国家，拥有3000万人口，对高端医疗器械产品特别是价格与性能都优异的产品需求很大，它也由此成为微创打通"一带一路"的突破口。

此后，微创品牌在马来西亚医学界频繁亮相：2016年6月4日，微创与当地代理商在马来西亚槟城KPJ Penang Specialist医院共同举办了Firehawk（火鹰）CTO Workshop；2016年7月28日-30日，微创携Firehawk（火鹰）和自主研发的业内第二代生物全可吸收血管支架系统Firesorb（火鹮）生物可吸收雷帕霉素靶向洗脱冠脉支架系统（以下简称"Firesorb（火鹮）"）参加了第十一届马来西亚心脏介入年会；2017年2月5日和17日，微创分别于马来西亚丁加奴州的Hospital Sultanah Nur Zahirah医院和槟城的Hospital Tengku Ampuan Afzan医院举办了两场冠状动脉慢性完全闭塞病变CTO研讨会。

马来西亚
冠状动脉慢性
完全闭塞病变
CTO研讨会

一次次的交流，推动了微创的心血管介入产品在马来西亚的知晓度和认可度。目前，已经有Firehawk（火鹰）、Foxtrot Pro及Foxtrot NC球囊扩张导管等多款微创产品在马来西亚守护当地患者的健康。

类似的故事也在印度尼西亚上演。

2015年11月，微创在第七届印度尼西亚心脏介入年会上举办Firehawk（火鹰）上市会，大会现场转播了印尼苏森（Susenc）教授与雅敏（Yamin）教授使用Firehawk（火鹰）进行复杂病变治疗的两台手术，产品优秀的通过性获得两位教授的高度评价，打响了Firehawk（火鹰）在印尼市场的第一炮。这距离Firehawk（火鹰）在印尼获批，仅仅过去了半年。

2017年6月5日，Firehawk（火鹰）研讨会在印尼雅加达顺利召开，会议邀请到了40多位当地专家出席，分享经验心得。10月，第九届印度尼西亚心脏介入年会在雅加达召开，微创再次携Firehawk（火鹰）和Firebird2亮相，引起广泛关注。包括大会主席福兹（A. Fauzi Yahya）教授、印度尼西亚心脏介入协会主席丧那里亚·索里亚纳塔（Sunarya Soerianata）教授和来自Medistra Hospital的泰古·桑托索（Teguh Santoso）教授等在内的多位心脏介入领域知名专家亲自来到微创的展台，和相关人员就产品设计和临床数据展开深入交流，并从临床应用的角度给予了高度评价。

2017年，Firehawk（火鹰）研讨会在印尼雅加达召开

正是因为这样不断的交流与互访，微创的产品才逐步获得了印尼医生和专家的认可，并最终赢得了参与印尼公立医院招投标的机会。

如今，在世界各地40多个国家和地区的超过2000家医院中，已经有50多万根Firehawk（火鹰）支架被植入患者体内，守护他们的生命。

事实上，微创走向全球的步伐并不仅仅停留在心血管介入领域，还有很多其他高品质的产品也以"一带一路"为纽带，走出国门，造福全球患者。

2014年1月，微创旗下子公司上海微创电生理医疗科技股份有限公司自主研发的Columbus三维心脏电生理标测系统（以下简称"Columbus"）在多米尼加共和国圣多明各CECANOT医院完成了首次海外装机和临床使用。这是中国首个基于导管的对心房和心室进行电生理标测和定位的系统，2013年刚刚获得欧盟认证。能够在第一时间把最先进的设备送到这个人口仅千万的国家，用微创海外事业高级副总裁林映卿的话说，"我们做海外业务不单单是为了销售和利润，更是为了患者，让他们都能享有平等获取医疗资源的权利。"

结果也是令人欣慰的。3年后，多米尼加共和国圣多明各CECANOT医院的马努·阿亚拉·帕特

（Manuel Ayala Patete）教授联合几位心脏电生理专家在《Cardiac Rhythm News》上发表了题为《Experience with the Columbus 3D EP Navigation System in the Dominican Republic》的文章，分享了他们使用Columbus的临床经验。文章显示，两年时间里，该中心共使用Columbus系统完成222例手术，年龄最小的患者仅有7岁，年龄最大的已达90岁。

他在论文中特别提到："在Columbus系统的三维技术配合下，房室折返性心动过速、房室结折返性心动过速、典型房扑等这些此前由于费用高昂而无法进行手术治疗的病例能够得到有效的治疗。该系统使得射频消融手术更为简单、有效，并减少X射线对患者与术者的伤害。"

类似的案例还有很多。2015年，微创旗下子公司东莞科威医疗器械有限公司自主研发生产的封堵器系列产品，如房间隔缺损封堵器及输送系统、动脉导管未闭封堵器及输送系统、室间隔缺损封堵器及输送系统，陆续在印度、俄罗斯、哈萨克斯坦等国获批上市。2016年4月，首批Evermend封堵器产品被用于哈萨克斯坦南部最大城市什姆肯特儿童医院。

最近的故事发生在2020年。这一年7月，心通医疗自主研发的VitaFlow经导管主动脉瓣膜系统、敖广瓣膜球囊扩张导管和敖顺导管鞘套件获得阿根廷国家食品药品医疗技术监督管理总局注册批准，这是心通医疗的产品自2019年在中国获批上市后，首次在海外市场获批上市。

这个"首次"具有特殊的意义。"在微创规划的版图中，我们正在布局大心脏业务领域完整的一体化解决方案，覆盖包括冠心病、心律失常、结构性心脏病、心衰等各个疾病领域。VitaFlow在阿根廷获批上市，意味着我们在大心脏领域目前所有解决方案都实现了海外销售。"林映卿表示。

目前，VitaFlow已在阿根廷及泰国这两个"一带一路"国家上市；此外，心通医疗自主研发的第二代TAVI产品VitaFlow II已向NMPA递交注册申请，并已在欧洲进行临床试验以期早日获得欧盟CE认证。根据全球知名的企业增长咨询公司弗若斯特沙利文（Frost & Sullivan）的资料，截至2021年1月17日，这是唯一一款在中国研发并已在欧洲开展临床试验的TAVI产品。

◎ **授之以鱼，也要授之以渔 技术服务随产品一起"出海"**

在医疗产品"出海"的过程中，光是把东西卖出去，并不能解决问题。高精尖的介入类产品，需要操作者有丰富的经验和高超的技艺，这在一些医疗资源相对匮乏、技术相对落后的地区，并不容易实现。

中国人口众多，相应的病例也多，心血管介入治疗产品使用广泛，这使得中国医生的经验更丰富，但医疗条件与医疗技术相对落后的国家和地区的医生则往往没有这个优势。所以，微创还主动承担起了"一带一路"沿线国家的医生培训工作，通过邀请经验丰富的中国医生前往"一带一路"沿线国家与海外同行交流，帮助海外医生更快地理解并掌握心血管介入治疗产品的使用方法和先进的手术技术。

2015年11月，巴基斯坦心脏病协会与巴基斯坦最大和最早的心血管中心旁遮普心脏病学研究所在当地第二大城市拉合尔联合举办了第45届心脏病学术年会。这是巴基斯坦最大的心内科学术盛会，吸引了近2000名业内人士前来参加。应微创之邀，南京市第一医院副院长、著名心脏介入专家陈绍良教授出席此次大会，这也是巴基斯坦心脏病学术年会首次迎来中国专家进行学术交流。陈绍良教授在旁遮普心脏病学研究所与当地医生共同完成了一例LAD-D1分叉病变病例的手术。

分叉病变发生在冠脉血管分叉处，以往手术成功率很低、治疗的远期效果不佳，一直是世界范围内颇具挑战的专业难题。本次手术采用了陈绍良教授首创的双对吻挤压（DK-Crush）术式，植入了3枚Firebird2冠脉雷帕霉素洗脱钴基合金支架，术后血管内超声（IVUS）结果显示手术非常成功。陈绍良教授通过手术向巴基斯坦同行介绍了DK-Crush技术在复杂分叉病变中的应用方案，这项先进的技术让巴基斯坦医生赞叹不已。

陈绍良教授还在大会上作了有关双支架技术处理分叉病变的主题演讲，用自己多年的临床治疗和研究经验阐述了独到的治疗方案，让当地医生对复杂分叉病变治疗方案有了全新的理解。

中国医学科学院阜外医院血管外科专家舒畅教授是受微创邀请"外出授课"最多的医生之一，去的地方也最远。

2015年到2018年，舒畅教授连续四年受微创旗下子公司上海微创心脉医疗科技（集团）股份有限公司（以下简称"心脉医疗"）邀请，出席南美腔内血管国际会议CICE。这是拉美地区颇具影响力的血管外科大会之一，舒畅教授每年都会在大会上发表学术演讲，并做手术演示。

2015年，大会直播了舒教授使用心脉医疗的Hercules分叉型覆膜支架及输送系统（以下简称"Hercules-B"）完成一例腹主动脉瘤的手术，手术圆满成功，得到大会主席Dr. Lobato和与会者一致好评。舒教授在会上发表了以胸主动脉血管介入治疗和腹主动脉腔内修复术为主题的演讲，介绍了Hercules T Low Profile直管型覆膜支架及输送系统和Castor分支型主动脉覆膜支架及输送系统（以下简称"Castor"）新品。

2016年，大会转播了舒教授使用Hercules Low Profile直管型覆膜支架及输送系统进行的一例复杂胸主动脉瘤介入治疗手术，充分展示了产品易于通过、定位精准的性能。心脉医疗在会上举办的多场产品演示和培训也使当地专家和客户更为深入地了解新产品的优异性能。

2017年，舒畅教授又在巴西库亚巴的Jardim Cuiaba 医院进行了当年度CICE大会的首场手术转

播，获得与会者和现场观摩医生的高度评价。另
外，舒畅教授进行了两场主题演讲，围绕烟囱技术
的使用和TEVAR（胸主动脉腔内修复术）手术新
策略、新技术、新产品与参会嘉宾进行了分享。

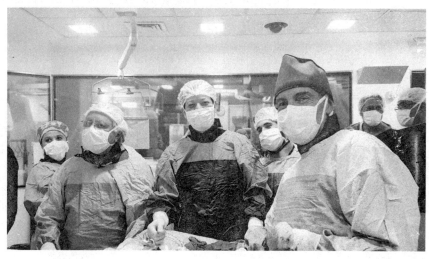

舒畅教授在2018年CICE期间与南美医生交流手术经验

另一个故事发生在2018年。当时，由中国医
师协会和中国心血管健康联盟共同发起的"一带一
路"心脏介入培训项目来到非洲加纳。在此之前，
自2011年开始，广东省心血管病研究所一直承担了
国家对口支援加纳的医疗工作，然而，在对外援助
的过程中，对进口医疗器械的依赖是援加医疗队队
长、广东省人民医院南海分院院长林纯莹一直无法
释怀的事。将中国制造的高科技医疗器械带到非洲

普惠当地民众，是她的梦想。

2018年7月底，加纳阿克拉医院一名患者急需接受心脏介入手术。正在这时，在国内心脏介入治疗领域处于领先地位的微创进入了援非爱心医疗团队专家们的视野，他们希望微创能够为在加纳的医疗援助免费提供相关医疗器械。微创没有迟疑，派出了五人工作组，带着Firehawk（火鹰）支架、Firefighter球囊、Foxtrot NC球囊等产品，与医疗队共同赶赴加纳。

"不到加纳，你永远不会知道当地是多么需要来自中国的援助。"微创海外事业高级副总裁林映卿说，人口约2880万的加纳医疗水平极度落后，全国只有两个导管室可以正常运转，当地仅有的三个能够独立开展心脏介入治疗的医生也是在中国援非爱心医疗团队的帮助下培养成才的。

在这个每年心脏介入手术不足50例的国家，中国科学院院士、复旦大学附属中山医院心内科葛均波教授使用微创Firehawk（火鹰）支架，完成了一例支架植入手术，这也是Firehawk（火鹰）在非洲大陆完成的首例植入。手术后，微创还向加纳全国最大的卫生医疗中心——克里布教学医院捐赠了一批心血管介入产品。

葛均波教
授代表援非爱
心医疗团队向
加纳捐赠微创
的Firehawk
（火鹰）支架

　　长途飞行去往另一个国家做手术，不论对医疗队还是微创的工作组而言，都是一件消耗极大的事。但在过去6年多的时间里，微创的员工与医疗专家一起不辞辛劳地"走出去"进行一场场的示范与演讲，菲律宾、巴基斯坦、印度、印尼、泰国、哈萨克斯坦、马来西亚、波兰、罗马尼亚、韩国、土耳其等十多个"一带一路"沿线国家都留下了他们的足迹。

◎ 既要"走出去"，也要"请进来"

　　除了源源不断地向"一带一路"沿线国家持续

输出"中国智造"的产品和来中国医生的丰富临床经验，微创也一直在践行"请进来"的理念。

2014年1月，微创海外事业部举办了一场专业教育活动，邀请3位巴基斯坦医生来到中国，在南京市第一医院跟随陈绍良院长学习冠脉分叉病变的处理技术。

2014年4月，3位菲律宾医生应邀来到中国，赴长沙中南大学附属湘雅二医院跟随舒畅教授全面学习主动脉介入技术。10月，又有7位菲律宾医生参加了在上海举办的国际腔内血管学大会，并在微创总部接受了大血管产品培训及模拟器操作训练。

2016年，25位巴西和阿根廷血管外科医师应邀来华一周交流学习，并分别前往中国医学科学院阜外医院和湖南长沙中南大学湘雅二医院，观摩手术、分享病例及讨论专题。在阜外医院心血管外科中心，25位南美医生分组进入导管室观摩手术，包括3台腹主动脉瘤和2台胸主动脉的手术，并跟随舒畅教授学习了"胸主动脉病变的腔内治疗策略"和"复杂性主动脉病变腔内治疗及全程干预治疗策略"等课题。在长沙湘雅二医院，他们跟随舒畅教授进行早间查房，并观摩了舒畅教授主刀的9台手术，其中包括2台使用Hercules –B治疗腹主动脉瘤和7台使用Hercules-T Low Profile的胸主动脉手术。

截至目前，微创已连续7年主办该主动脉介入国际论坛，为海内外主动脉介入治疗领域的专家医生提供了专业平台，促进学术交流，持续推动主动脉介入治疗技术的发展，造福海内外病患。

海外医生于第九届主动脉介入国际论坛期间访问微创

医疗没有国界。不管是"走出去"，还是"请进来"，微创秉持的理念始终没有变过。"常总经常和我们说，微创服务的不仅仅是中国人，而是地球人，微创的使命是要把健康和长寿带给世界的每一个角落。"林映卿表示。

◎ 一国一策，因地制宜

"一带一路"沿线国家国情差异很大，文化也各不相同。微创在布局这些国家时，采用了一国一策、因地制宜的战略。

对于微创来说，最高层面的"一国一策"最早在马来西亚实现。2017年4月21日，微创与马来西亚卫生部签署了合作备忘录，双方启动了Firehawk（火鹰）在马来西亚的TARGET MALAYSIA REGISTRY临床项目。

项目很快如期展开。2017年5月17日，第一例

微创与马来西亚卫生部签署合作备忘录

患者在马来西亚Pusat Jantung Sarawak医院由当地医生ChiYen Voon教授成功入组。按照计划，项目总共需要在马来西亚卫生部直管的10家公立医院入组患者1153例。

TARGET MALAYSIA REGISTRY临床项目的开展，有助于进一步深入研究马来西亚当地冠心病患者的发病情况，特别是该国卫生部属下的心脏科提供了更多的相关资料，为后续更好地为当地病患提供优质服务提供了支撑。马来西亚卫生部副部长表示，对于马来西亚政府而言，Firehawk（火鹰）这样优质普惠的医疗产品在当地的进一步推广使用，可以确保政府提供更高效、优质的医疗服务，造福当地患者及社区民众。

当然，多数"因地制宜"的案例并没有那么"高大上"，但也同样值得说道。

以巴西为例，2018年，微创巴西子公司在圣保罗成立，这是微创在南美洲成立的第一个子公司。12名员工，覆盖了销售、运营、财务等职位，组成了一个完整的业务框架。刘俊杰是巴西子公司的负责人，除了他以外，其她11名员工都是巴西本地人。

"和以前的代理模式相比，子公司能够更直接地反馈当地市场的需求，从而更高效地服务于我

们的客户——医生和患者。"刘俊杰表示，过去的
2020年，尽管遭受了疫情的影响，但巴西市场的销
售额依然比代理模式下最好的年份增长了300%。

从更大的视角来看，巴西子公司就像是微创锲
入南美大陆的一枚钉子，除了服务巴西当地市场以
外，它还承担了微创产品系列在南美其他国家注册
上市、物流中转的诸多功能，给整个南美洲的百姓
带去最新的中国技术和产品。

同样是在2018年，5月1日，中国与多米尼加
建交的当天，多米尼加首都圣多明各的一栋建筑物
前，立起了一块"MicroPort"（微创）的铭牌，微
创在多米尼加的子公司正式落成。近百名当地员工
在这一天加入了微创大家庭，以其独特的方式见证
了中多友谊。

在经济欠发达、基础设施落后、依赖农业和传
统工业发展的多米尼加，像微创这样拥有众多"全
球第一、全球领先"的企业太少太少。能来这样一
家企业工作，对当地人来说就是一份荣耀。当地雇
员是微创设在多米尼加子公司最主要的人员构成。
他们可不只担任蓝领工人，微创也在当地招聘了
一些行政人员。这些当地员工年轻、努力、有责任
感，对微创这样的中国企业的到来充满热情、对快

速发展的中国充满向往——他们期待着加入"一带一路"朋友圈后的多米尼加能够搭上发展的快车，自己的日子也能越过越好。

2018年，微创在印度也取得了里程碑式的突破——印度当地的生产项目于这一年正式启动，由此开创了微创在"一带一路"沿线国家设立生产基地的先河。这一突破意义重大。

对于微创来说，这并不是一个轻松的决定。印度是世界第二大人口大国，近年来随着国民经济高速发展，民众的医疗健康需求激增，让印度医疗器械市场成为全球增长速度最快的地区之一。然而，近年来的印度医疗器械市场也经历了持续不断的变革，在价格和品质的市场定位上两极分化严重、医疗器械监管的规章与政策层出不穷、"印度制造"计划的推行……都令中国高端医疗器械企业在印度市场的开拓变得困难重重。微创决定在这样一个机遇与挑战并存的新兴市场率先布局生产线，在微创海外事业部业务运营总监史晓雯看来，这个举动既体现了微创深耕印度市场的决心，也和此前打下的牢固根基有关。

早在2016年，微创印度独资子公司就在新德里正式成立，为当地运营奠定了基础。当年9月，微创就完成了印度业务的中长期规划，搭建起了印度的销售体系框架，逐步建立了操作和运营体系。

2017年，微创Firehawk（火鹰）支架率先进入印度市场，尽管印度政府在这一年出台了一系列针对医疗耗材的限价政策，但微创通过多场专业学术会议与复杂病例的手术演示、分享，展示其产品的优异性能，从而获得了更多临床医生的认可，逆势实现了销售额的增长。2019年，微创的冠脉产品组合已进入印度100多家医院。

2020年6月15日，微创的印度全资子公司战略投资印度医疗器械公司Purple Medical Solutions Private Limited，并成立合资公司。这家结合了微创产品和Purple Medical商业渠道的公司，有望成为印度市场强有力的竞争者。微创首席国际业务官乔纳森·陈（Jonathan Chen）表示，印度市场是微创长期战略的重要组成部分。未来十年，印度药物洗脱支架市场将成为仅次于中国的全球第二大市场，微创与深耕印度市场多年的本土企业Purple Medical合作，通过其成熟的销售网络和本地制造能力，将产品进一步引入印度市场，服务于当地患者。

"印度模式或许是我们介入海外市场最深的一

种模式，从营销转向生产，看上去只是增加了产业链上的某一个环节，实际上因此传递给当地的不仅仅是产品，还有企业的管理理念、业务的协同体系。对微创来说，这也是成为一个真正全球化企业的必经之路。"林映卿表示。

◎ 共同"抗疫"不断，全球布局脚步不停

2020年是极不平常的一年，新冠疫情在全球蔓延，但微创在"一带一路"沿线国家却不曾停下服务的脚步。在疫情的特殊时期，微创发挥数字化驱动转型的资源优势，把互联网等数字化技术与专业医疗服务紧密结合，将多项活动由线下拓展至线上，与海外医生、代理商等实现远程互联。近20场内容丰富、形式多样的活动跨越了空间与时间的限制，持续帮助"一带一路"沿线国家的医生搭建学术知识与临床技术交流平台。

2020年9月，心脉医疗的Castor支架正式亮相巴西首届国际腔内血管外科大会（eCongresso Internacional de Cirurgia Endovascular，eCICE），这是全球首款分支型胸主动脉覆膜支架Castor首次登上eCICE的直播手术舞台。

国际合作方面，2020年12月5日，微创携手中国、印度尼西亚、泰国、新加坡、马来西亚五国专家线上成功举办了"CIT Online 2020 一带一路国际PCI论坛"，邀请到印度尼西亚心脏介入学会主席多尼·费尔曼（Doni Firman）教授、泰国心血管介入学会秘书长 Anek Kanoksilp教授，CIT大会秘书长徐波教授，CTO专家广东省人民医院张斌教授、东盟会领军人物李浪教授等著名海内外介入领域专家，深入交流了各国PCI领域的发展现状以及需求。

"把最好的产品带给全球人民，无论国家大小，无论环境发生什么变化，这都是微创的追求。"微创海外事业高级副总裁林映卿说。

日月不以毫末而不照，雨露不以草草而不滋。"我们相信人人都有生而平等的医疗权、健康权和追求活得更久的权利，而我们的工作就是通过自己的绵薄之力，与社会各界一起为人人享有这种权利创造物理条件和医疗手段；我们远景和使命的核心就是像白天的太阳、夜晚的月亮和清晨的雨露一样，让全球最高科技的医疗技术以最平权的方式，将健康和长寿带到世界上的每一个角落、每一个社区、每一个家庭和每一位患者。"微创创始人、董事长兼首席执行官常兆华博士说。

　　未来，微创将继续深化与"一带一路"沿线国家双边卫生合作，源源不断地研发出一代又一代高品质的高端医疗器械产品，并通过先进的远程医疗手段和数字化穿戴式设备"延长"医生的手，打破空间的限制，提供更多优质的高端医疗解决方案，用技术赋能普惠更多全球患者，实现"帮助亿万地球人健朗地越过115岁生命线"之初心，携手向真、善、美、长的生命进发。